《"一带一路"人物传奇》总序

周莲珊

"一带一路",指的是"丝绸之路经济带"和"21世纪海上丝绸之路"。2013年9月和10月,中共中央总书记、国家主席习近平在出访中亚和东南亚国家期间,先后提出共建"丝绸之路经济带"和"21世纪海上丝绸之路"的合作倡议,得到国际社会高度关注。

习近平同志"一带一路"倡议,旨在借用古代丝绸之路的历史符号,积极发展与沿线国家的伙伴关系,促进包括欧亚大陆在内的世界各国共同发展,构建一个互惠互利的利益、命运和责任共同体。

加强合作,建设更加美好的未来,意味着我们不仅要开拓思路,积极顺应世界发展的潮流,更应该向历史学习,吸收其中的营养,汲取经验和力量,为未来的发展注入新鲜活力。

2013年以来,中国图书市场上关于"一带一路"的图书选题就已层出不穷,总体看下来,大多都是学术研究型、理论型和史料型的图书。经过对图书市场关于"一带一路"选题持续一年多的调查分析,我们深深感到,有必要为我们的普通读者,尤其是广大的青少年读者,以及数百万的中小学老师和家长,策划、出版一套表现中华民族开拓"丝绸之路"这个伟大主题的、用文学的形式来诠释"一带一路"倡议思想精华的图书。

我们将目光聚焦在长篇小说这一领域。小说属于文学创作,可以把历史梳理得更透彻,把历史人物写得更生动,把历史故事讲述得更动听,把中国文学的语言美发挥得更淋漓尽致。这样,创作出来的作品,会更利于读者接受和理解,更利于我们传播"一带一路"倡议,激发读者更多的自豪感!我们的思路是这样的:以史为基,又不囿于历史,在史实的基础上,进行适度的文学创作,用优美的文字,结合环环相扣的动人的故事情节,塑造栩栩如生的人物形象,将在丝绸之路上做出过杰出贡献的人物,用长篇小说的形式表现出来,既普及相关历史知识,又增强可读性,给读者以文学的滋养。

思路清晰之后,经过与出版社的沟通,首先,我们从"陆上丝绸之路"和"海上丝绸之路"的相关历史人物中挖掘、筛选,确定了十位代表人物;其次,我们围绕着这十位代表人物,放眼国内作家,确定了十位中青年作家执笔,共同创作这套系列丛书。

我们这套书的写作,约请的都是活跃在当代中国文坛的中青年作家——

《西域使者》分册,由辽宁省文化艺术研究院作家编剧李铭执笔。他的多部小说作品获辽宁省文学奖、《鸭绿江》年度小说奖等。

《羊皮手记》分册,由"90后"作家范墩子执笔。他是陕

一带一路人物传奇

周莲珊 主编

慕榕 著

丝路女神

山西出版传媒集团
山西教育出版社

图书在版编目（CIP）数据

丝路女神 / 慕榕著. —太原：山西教育出版社，2018.9（2020.1 重印）
（"一带一路"人物传奇 / 周莲珊主编）
ISBN 978-7-5440-9746-8

Ⅰ. ①丝… Ⅱ. ①慕… Ⅲ. ①长篇小说—中国—当代 Ⅳ. ①I247.5

中国版本图书馆 CIP 数据核字（2017）第 315453 号

丝路女神
SILU NÜSHEN

出 版 人	雷俊林
选题策划	李梦燕
编辑统筹	朱　旭
责任编辑	许亚星
复　　审	李梦燕
终　　审	康　健
装帧设计	陈　晓
印装监制	蔡　洁

出版发行	山西出版传媒集团·山西教育出版社
	（太原市水西门街馒头巷7号　电话：0351-4729801　邮编：030002）
印　　装	山西天每印业有限公司
开　　本	850×1168　1/32
印　　张	7
字　　数	131 千字
版　　次	2018 年 9 月第 1 版　2020 年 1 月第 3 次印刷
书　　号	ISBN 978-7-5440-9746-8
定　　价	21.00 元

如发现印、装质量问题，影响阅读，请与出版社联系调换。电话：0351-4729718。

西文学院签约作家,鲁迅文学院第32届作家高级研修班、西北大学作家班学员。

《智取真经》分册,由本名金波的若金之波执笔。他2014年起转型从事儿童文学创作,《妈妈的眼泪像河流》等四部图书获2009年度冰心儿童图书奖。

《妙笔丹青》分册,由辽宁省作家协会第十届签约作家叶雪松执笔。他是鲁迅文学院第二十届少数民族作家班学员。

《丝路女神》分册,由福建省作家协会会员慕榕执笔。他是中国寓言文学研究会会员,现供职于福建少年儿童出版社。

《丝路奇侠》作者周莲珊,儿童文学作家,图书策划人。多部作品获冰心儿童文学奖、"中日友好儿童文学奖"一等奖等。策划的图书曾荣获冰心图书奖和2012年辽宁省"五个一"工程奖等。

《楼兰楼兰》分册,由军旅作家张曙光执笔。他现任职于武警总部政治工作部《人民武警报》社。

《跨海巡洋》分册,由全国十佳教师作家陈华清执笔。她是广东省作家协会会员,中国散文学会会员,湛江市作家协会副主席。

《圣殿之路》分册,由中国作家协会会员赵华执笔。他是中国科普作家协会会员,鲁迅文学院第六届高研班学员。曾获全国优秀儿童文学奖、华语科幻星云奖、冰心儿童新作奖等多个奖项。

《盛唐诗仙》分册,由蒙古族儿童文学作家贾月珍执笔。她是鲁迅文学院第12期少数民族作家班学员,曾获第十一届索龙嘎文学奖(内蒙古自治区最高文学奖)。

确定了人物，找好了作者，要写好这个系列的书稿，创作难度依然非常之大。每一本书，每一个人物，每一个章节，每一个故事……主编、作者、编辑，来来回回，反反复复，推敲，修改，研磨，追寻创作素材，深挖历史人物背后的故事。过程中的艰辛，历历在目。

终于，丛书成稿。

无论主编、作者还是编者，我们共同的目标，就是给读者以更丰富的精神食粮，让读者通过生动优美的文字、扣人心弦的故事、启迪人心的人物，获得全新的视角，得到更加丰富的阅读体验，进而增强民族自豪感，以更饱满的热情进行我们的国家建设。

在创作过程中，每位作者都研究、阅读了大量国际、国内有关历史研究，并参考了海量的相关图书和资料。但百密一疏，即使这样，书中难免出现这样或者那样的不足或错误，恳请读者在阅读过程中，发现错误，批评指正。

主编：周莲珊，儿童文学作家，儿童图书策划人。多部作品获冰心儿童文学奖、"中日友好儿童文学奖"一等奖。策划、主编的图书曾荣获冰心图书奖和2012年辽宁省"五个一"工程奖等。出版长篇小说三十多部，童话集、儿童绘本、长篇励志版名人传记等多部。

目 录

◎ 第一章

遵天意龙女转世 ≈ 001

◎ 第二章

开眼界泉州巡海 ≈ 014

◎ 第三章

遇玄通获赐医典 ≈ 028

◎ 第四章

斗恶蜺海岛采药 ≈ 042

- 第五章
  造宝船窥井得道 —— 055

- 第六章
  梳帆髻心许大海 —— 069

- 第七章
  草护船神姑天降 —— 085

- 第八章
  心有灵父兄遇险 —— 099

- 第九章
  战风浪焚屋引航 —— 112

目 录

- 第十章

  惩县吏默娘求雨 ~ 126

- 第十一章

  征海盗为民请命 ~ 139

- 第十二章

  成正果湄峰飞仙 ~ 153

- 第十三章

  施仙法降妖除魔 ~ 170

- 第十四章

  济万民慈航普度 ~ 180

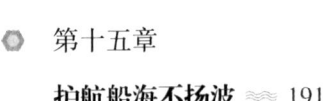

- 第十五章

  护航船海不扬波 ≈ 191

- 第十六章

  海上丝路和平女神 ≈ 202

第一章

遵天意龙女转世

1

这日,普陀山观音大士收到王母娘娘发来的请帖,邀请其参加天庭蟠桃大会。天庭蟠桃大会于每年三月初三举办,这天正好是王母娘娘的生日,因此众仙不敢怠慢,都得早早准备,如期赴会。

三月初三,观音大士带着善财童子和龙女,腾云驾雾,匆匆往天庭赶去。善财童子和龙女是观音大士教化众生、救苦救难的得力助手,被人们尊称为"金童玉女"。

人间三月,桃红柳绿,草长莺飞,到处都是一片生机勃勃的景象。善财童子和龙女立在云端,不断回头往下看,心情格外舒畅。看,脚下是烟波浩渺的东海,风平浪静,碧波荡漾,就像一面镜子。海面上,海鸟低飞,自由自在,也有渔民在打鱼,挥洒着汗水,笑看着鱼虾满仓。

不知不觉间,三位神仙来到了福建莆田湄洲湾上空。这时,天空中突然升腾起一股黑烟,挡住了三位神仙的去路。龙女抢先一步上前,伸手拨开黑烟,往下一看,只见脚下的湄洲湾乱成了一锅粥。海上波涛汹涌,一个个巨浪朝岸上涌去,几只小渔船在风浪中左右摇摆,随时都有倾覆的危险。惊慌失措的渔民连声尖叫,海滩上的人见此情景,更是哭天抢地,纷纷跪下,磕头如捣蒜。

看到如此惨状,龙女于心不忍,连忙回过头来,看着观音大士,说:"菩萨,您看……"

观音大士皱了皱眉头,颔首道:"唉,多灾多难,多灾多难啊!"

就在这时,海面上突然凭空蹿起一根巨大的水柱,高达数十丈。顷刻之间,海水如暴雨般从天而降,直把那几只可怜的小船打得稀巴烂,渔民也纷纷落水。岸上的人们忘了哭喊,也忘了祷告,只是呆呆地望着大海,好像在等待着什么。

"是海怪!"善财童子惊叫道,"菩萨……"

原来,这一切都是海怪在兴风作浪,残害渔民。

观音大士的眉头锁得更紧了。

龙女看着观音大士,焦急地说:"菩萨,海怪作孽,残害生灵。求求菩萨出手,救那些可怜的渔民于水火!"

正说话间,海面上的渔民几番挣扎之后,沉入了海底。海底的海怪一拥而上,争着把那些渔民撕烂吃了,场面惨不忍睹。善财童子和龙女不忍直视,不由得掩面而泣。

观音大士道:"徒儿,走吧!此事日后再议!"

师父发话了,善财童子和龙女就是心中有百般无奈,也只得回转过身,跟着师父朝天庭飞去。

蟠桃会上众仙家嘘寒问暖,推杯换盏,好不热闹!可是,躲在角落里的善财童子和龙女却一点儿兴致也没有,他们还在想着湄洲湾的悲剧,还在想着那些无辜葬身海怪之腹的渔民。

好不容易挨到蟠桃大会结束,回到了东海普陀山,刚一进殿,龙女便忍不住问道:"师父,湄洲湾渔民危如累卵,请师父想想办法……"

观音大士一脸慈爱,笑了笑说:"徒儿,你有一颗济世救民之心,为师甚是欣慰。不过,不用着急,少安毋躁!为师自有打算。"说完,便端坐莲台,闭目养神起来。

龙女不好再多说什么,朝观音大士躬了躬身后,立在一旁。

大殿里,前来朝拜的善男信女络绎不绝,他们虔诚而拜,口中念念有词。其中,有一对四十岁上下的夫妇,男的气宇轩昂,女的眉清目秀,风尘仆仆,似是不远万里而来。

只听得那女的跪在地板上,口中轻声念道:"大慈大悲的观世音菩萨,弟子乃莆田湄洲林王氏。嫁入林家后,弟子先后为林家生下一男五女,只可惜我儿洪毅自幼体弱多病,恐难成大器,又怕我儿有个三长两短,断了林家香火,故特来拜求观音大士再赐给弟子一男儿。弟子虽谈不上贤良淑德,但也乐善好施,与人为善,如果菩萨能了却弟子的心愿,弟子定日日吃斋念佛，竭尽所能周济贫苦……"

"莆田湄洲？"龙女闻言，心里一惊，刚才还在跟师父说起湄洲的渔民，马上就来了一对湄洲夫妇，天下竟真有这等巧事！

跪在王氏身边的男子，名叫林愿，为湄洲都巡检，专职维护海路畅通、打击走私、征剿海盗。身为朝廷命官，林愿秉公执法，刚正不阿，常年在外巡逻，家里的事情都是由妻子王氏一人操持。因此，他也想添个男丁，让他与洪毅一起照顾母亲，将来继承家业，光耀门楣。

林姓一族在福建是名门望族。西晋末年，中原地区战乱频仍，各个部族纷纷建立自己的割据政权，最终酿成了"永嘉之乱"。为了避开战祸，大批中原望族开始南迁，史称"衣冠南渡"。当时的福建地区，因为地处东南一隅，局面较为稳定，因此大批北方汉民纷纷进入福建。在这些移民中，主要有八大姓氏，即林、陈、黄、郑、詹、邱、何、胡，后世称此为"八姓入闽"。

林愿的七世祖林披，是唐朝天宝年间的明经进士出身，后做到了太子詹事、苏州别驾。林披生有九个儿子，每个儿子都做到了州刺史，因此林家可谓名动一时，被后世称为"九牧林家"。

"九牧"中的老六林蕴，为林愿的六世祖，曾任西川节度推官，谥号"忠烈"。林愿的祖父林保吉曾任统军兵马使，后因厌倦官场，归隐老家湄洲贤良港。林愿的父亲林孚曾任福建总管。林愿自小练武习文，又因长在海边，经常和大海、渔民打交道，长大后不仅武艺高强、满腹经纶，而且熟悉海事，驾船技术高超、娴熟。

闽王王审知去世之后，其子孙只顾争权夺利，不顾百姓死活，使得闽国百姓苦不堪言，全国上下怨声载道。得道多助，失道寡助。公元945年，南唐趁闽国内乱，出兵灭了闽国。灭亡之后的闽国非但没有迎来"春天"，反而变得四分五裂：今天的闽东、福州地区依附吴越国，闽西、闽北地区投降南唐，闽南地区则成了闽国旧将留从效的独立王国。留从效虽然表面上向南唐俯首称臣，实际上是割据漳、泉二州，自己做起了土皇帝。

面对这样的局面，林愿心灰意冷，不愿出来做官。可是，沿海地区变得越来越不太平了，时常有海盗出没，打劫来往经商的船只，抢夺渔民的财物，甚至上岸烧杀抢掠，以致一度繁荣的大港泉州港渐渐没落下来。为了安抚民心、发展经济，留从效想到了林愿，多次登门请林愿出山，扫平海患。可是，林愿始终没有答应。

直到留从效死后，林愿才在其继任者，也是莆田同乡陈洪进的一再请求之下，出任了都巡检之职。因为福建分裂，林愿巡逻的海域范围只限于北至福清、南达诏安这一带。

为官一任，造福一方。林愿自上任以来，始终勤勤恳恳，恪尽职守，不到几年时间，沿海便太平多了。因此，林愿在沿海百姓，尤其是渔民心目中的地位很高。

2

王氏许完心愿,夫妻二人互相搀扶着,一步三回头地离开了观音大殿。观音大士开口道:"龙女,看见了吧?这就是你的归宿。"

龙女大喜,问道:"师父,您是说让我到林家投胎?"

"正是此意!莆田湄洲林家世代乐善好施,远近闻名,你与林家有缘,近日便可投胎林家。日后,你还要肩负起收服海怪、平定海患的重任。"

"可是,师父,刚才王氏想要的是个男孩,弟子是女儿身啊!"龙女疑惑地说。

观音大士说:"徒儿不必多言,这是天意,你且去吧!"

紫竹林中,龙女忧心忡忡地对善财童子说:"师兄,我这番投胎转世,将来成了肉体凡胎,又该如何降妖除魔、扫平海患啊?"

善财童子说:"龙女不必担心,到时师兄自然会前去点化于你,教你一些法术,或者派些帮手过去。"

"如此便再好不过了,谢谢师兄相助!"龙女高兴地朝善财童子鞠了个躬。

回到湄洲贤良港家中后,一天晚上,王氏做了一个梦,梦中见到了观音大士。观音大士递给王氏一枚红色小药丸,说:"林夫人,天帝念及林家功德,特派本座前来赐你一枚药丸,你且吞下它吧!"王氏连忙接过药丸吞下,顿时觉得通体舒畅,于是又慌忙跪倒,感谢观音大士赐子。

不久之后,王氏果然有了身孕。林愿得知妻子怀孕,心里暗暗道:看来老天待我林家不薄,观音菩萨果然给我林愿送麟儿来了。林愿吩咐林家上下,一定要照顾好王氏,千万不可有任何闪失。

十月怀胎,一朝分娩。一家人喜气洋洋,终于等来了孩子降生的日子。宋太祖建隆元年(960年)三月二十三日这天一大早,王氏就说肚子疼,可接生婆都忙活了半天了,还不见孩子生下来。屋外的林愿就像热锅上的蚂蚁一样走过来走过去。他担心妻子,也担心即将降生的孩子。

傍晚时分,突然从天上传来一声巨响,如山崩地裂。随后,一道炫目的红光射了下来,林家的院子被红光笼罩。林愿大吃一惊,张大了嘴巴,不知所措。邻居们听见响声后,也纷纷走出家门,聚在了林家门前。

"哇,真香啊!你们闻闻……"

"是啊!好像是从林夫人的产房里飘出来的,真香啊!"

邻居们议论纷纷,林愿回过神来,也嗅了嗅,"是啊,怎么有一股香气啊?"

约一刻钟过后,产房的门打开了,丫鬟小莲高兴地走了出来，来到林愿身前，欠身道："恭喜老爷，贺喜老爷，夫人生了个千金。"

"千……千金？怎么会是个女娃呢？"林愿一听，心里立马就凉了半截，然后径直朝产房走去。

"夫人，你受苦了！"林愿见妻子满头大汗，心疼地说道。

"夫君，我……"王氏见丈夫进来了，一脸歉意地说。

"无妨，无妨，女儿也好，女儿也好啊！此女降生时，满屋馨香，必非凡人啊！这……这都是天意！"林愿安慰道。

"夫君，只是，只是这孩子怎么不哭啊？"王氏皱眉道。

王氏这么一说，林愿才反应过来，是啊，孩子已经出生好一会儿了，怎么不见她啼哭呢？

林愿沉默了一会儿，拨开襁褓，看了看孩子，说："既然不哭不闹，就给你取名'默娘'吧！"

后来，又因为林默娘在林家排行第六，乡人便亲切地称呼她为"六姑娘"。

默娘出生一周年，按当地风俗，要举行"抓周"仪式。"抓周"就是在簸箕里摆上几样物件，如笔墨纸砚、算盘、尺子、印章、银子等，分别代表文化、经商、律法、权力、财富等，孩子抓着什么，就预示着他将来会成为什么样的人。作为海边的渔民，贤良港人"抓周"时，还会放上一艘玩具小船，代表孩子将成为有经验的渔民，甚至成为航海家。

"抓周"那天，林家突然来了一位老道士，那老道士鹤发童颜，精神矍铄，笑眯眯地看着小默娘。只见小默娘环顾了一圈，突然伸出手去，一把就将一艘玩具小船抓在了手上，脸上露出天真的笑容。

林愿看着小默娘高兴的样子，心里却忧心忡忡，孩子都一周岁了，还是不哭不闹，更别提说话了。老道士似乎看出了林愿的心思，只见他蹲下身子，凑在小默娘耳边，轻轻地说着什么。没想到，小默娘扬起脸来，朝着林愿"咯咯咯咯"地笑着，随后又奶声奶气地叫了声："阿爸，阿妈……"

"哎，我的小乖乖，你……你总算是开口了！"林愿激动得语无伦次，连忙抱起小默娘，在她脸上重重地亲了一口，一边的王氏也激动得落泪了。

"夫人，不哭不哭，你看，默娘不开口则已，一开口就会叫阿爸阿妈了！"林愿拍了拍王氏的肩膀，笑着说。

林愿转身，要感谢老道士，可哪里还有他的身影啊？大伙儿面面相觑，谁也说不清楚那老道士是什么时候离开的。

此事在村里传开之后，大伙儿都说那老道士是神仙，是专程前来林家点化小默娘的。不管怎么说，自那以后，林愿夫妇对小默娘更加宠爱了。

3

林家居住的贤良港上林村,是个渔村,村子不大,只有约百户人家,大多姓林,乡人世代以捕鱼为业。贤良港东南边有一座小岛,细细长长的,俯卧在大海之上,就像仙女的蛾眉一样,故名"湄洲岛",这片海湾也被称为"湄洲湾"。贤良港因有湄洲岛挡住大海波涛,风小浪静,是个天然的避风良港。上林村背靠小山,东临大海,春暖花开,宜居宜业。

贤良港附近有一堆奇石,其中有三块并排的巨石,每逢退潮,都会露出海面丈许,远远望去就像是插在海上的三支香,因此被人们形象地称为"三支香"。"三支香"是湄洲湾贤良港的标志,也是指引船只入港停泊的航标。

林愿的宅子直面三支香,门前视野开阔。毕竟是书香门第、官宦世家,林家宅院规模庞大,共分为三进,周围还有一圈石砌的围墙。

光阴荏苒,岁月如梭。转眼,小默娘七岁了,她的五个姐姐均已出嫁,哥哥洪毅也已经十二岁了。小默娘生得冰清玉洁,聪明伶俐,与众不同。她不爱吃大鱼大肉,常年吃斋,还跟着阿妈念经礼佛;她不爱佩戴金银珠宝,头顶上总是插着菜籽花;她喜欢红色,一年四季都穿着一身红色衣裳;她喜欢读书，经常趴在家塾门外，偷偷听杨先生给哥哥洪毅授课；她心灵手巧，小小年纪就跟着阿妈学纺纱、织布；她喜欢大海，经常跟邻居的小伙伴一同到海边踏浪、捡贝壳，还总是一个人望着浩渺的大海发呆，一坐就是一整天……

林愿夫妇视小默娘为掌上明珠，只要是小默娘提出的要求，他们都尽可能地满足她。别的女孩子都喜欢花花草草，喜欢收藏漂亮的小石子，可小默娘对那些不感兴趣，她喜欢的是千奇百怪的贝壳，喜欢的是各种各样的船只模型。林愿总是把小默娘放在自己大腿上，耐心地给她讲大海的故事，讲潮汐的规律，讲天上的星宿。小默娘听得很认真，也学得很快，还总爱提问，有好多问题连林愿也答不上来。

小默娘吵着要跟哥哥洪毅一起念书，可按照林家的规矩，得等孩子八岁才能正式入读家塾。小默娘不依，她说杨先生教哥哥的那些内容，她都偷偷学过。林愿无奈，只得请来杨先生，让他帮着考考小默娘。

杨先生也打心眼儿里喜欢小默娘，他捻着山羊胡子，和蔼地问道："小姐，你可知公子昨日学的是何内容？"

小默娘朝杨先生深深地鞠躬道："回先生的话，昨日哥哥所学为唐朝名相张九龄的《感遇》，小女已烂熟于心。"

"哦！"杨先生一惊，"果真如此？"

"不可能！"洪毅窘红了脸，"《感遇》这首诗，先生只教了一遍，我还不会背诵呢！"

小默娘微微颔首，便开始高声背诵："兰叶春葳蕤，桂华秋皎洁。欣欣此生意，自尔为佳节。谁知林栖者，闻风坐相悦。草木有本心，何求美人折！"

杨先生又一惊，接着问道："小姐果然不同凡响，你可知此诗之意？"

"小女略知一二，不知是否正确，还望先生赐教。"小默娘说，"这首诗是张九龄的五言代表作。什么时节开什么花，什么花儿装点什么季节，这是大自然的恩赐，是自然万物的规律。只有真正懂得花语，才能读懂季节的意义；只有真正懂得季节，才能读懂花儿的心思。就像那些归隐者一样，他们可能是尘世的弃儿，却一定是大自然的宠儿。如果读懂了他们的心思，便懂得了他们眼中的美景。花儿芬芳扑鼻，这本身就是一种天然之美，又何必一定要等美人来折下、把玩呢？"

小默娘话音刚落，杨先生便拱手向林愿夫妇道贺："大人，夫人，可喜可贺啊！令爱真乃神童啊！"

"先生过誉了，默娘只是一时心血来潮而已，不足挂齿，不足挂齿啊！"林愿谦虚道。

杨先生摇头说："不不不，大人，老朽今日断言，如指引得当，小姐日后必堪大用，必堪大用啊！如蒙不弃，老朽恳请大人准许小姐与公子一道入读。"

"先生，可是默娘从未正式念过书，我俩如何能一起学习呢？"洪毅疑惑地问道。

"是啊！杨先生，还是一步一步来吧！"王氏拉着洪毅的手，附和道。

"无妨无妨，夫人，得一可造之才，老朽高兴啊！老朽一定抽时间多教教小姐，让小姐尽快补上……"杨先生说。

"既然杨先生都这样说了，那就依您的吧！即日起，默娘与洪毅一道入读家塾。"林愿抚摸着两个孩子的头，"你俩得互相监督、互相帮助才是，知道了吗？"

兄妹俩点了点头，小默娘高兴地跳了起来，一下扑到林愿怀里，撒起娇来。

小默娘觉得变幻莫测的大海就是一本厚厚的大书，能读懂这本大书的人并不多，可它一定有规律可循。她觉得要想找到这条规律，首先得学会游泳，学会驾船。于是，小默娘不止一次地央求哥哥教她游泳，央求阿爸带她出海巡逻。

王氏给儿子洪毅下了一条死命令，坚决不能带小默娘下海，不能教她游泳。可这条禁令根本拴不住热爱大海的小默娘，她拉着邻居阿雪、阿芳两个姑娘悄悄下海，不到一个月的工夫，就学会了游泳。

旧时，渔民们认为女子登船是不祥的，会发生灾难，所以严禁女子出海打鱼。可爱女如宝的林愿拗不过小默娘，加上他自己常年在海上巡逻，驾船经验丰富，历来对迷信说法嗤之以鼻。于是，就在小默娘八岁那年秋天，林愿终于答应带小默娘到泉州一带巡海。

第二章

开眼界泉州巡海

1

夏日里的一天夜里,林愿带着小默娘登上了屋后的小山。

天空中挂着一轮明月,如水的月色洒满脚下这一湾海水,周遭的一切显得如此安详静谧,叫人陶醉。

林愿指了指大海中的湄洲岛,说:"默娘,你看,那道黑影就是湄洲岛了。湄洲岛可是咱们贤良港的保护神啊!"

"阿爸,我知道,您什么时候才能带我去湄洲岛啊?我好想去岛上看看呢!"小默娘说,"对了,阿爸,我听村里的渔民说,湄洲岛东边的大海里时常有海怪兴风作浪,那儿每年都有海难发生,是真的吗?"

"是啊,孩子,别说海怪了,就是面对普通的海风海浪,人们也是无能为力啊!在大自然面前,人是如此渺小、如此微不足道啊!"林愿长长地叹了口气。

"是啊!可不管是大海还是天象,总是有一定规律的,只要

第二章 开眼界泉州巡海

摸清楚了它们的规律,就能预测天气,避免悲剧发生。阿爸,我长大后一定要多多学习这方面的知识,多为渔民出谋划策……"小默娘就像一个小大人,斩钉截铁地说道。

"好孩子,有志气!"林愿欣慰地笑道,"咱们家在湄洲岛上还有几座老房子,那是你爷爷留下的,有机会阿爸一定带你去看看。"

"嗯!"小默娘点了点头,依偎在阿爸身上,听着海浪拍打岩石的声音,吹着柔和的海风,一会儿便睡着了。

经过半个月的休整和操练,林愿又一次带着随从出海巡查了。这一次,林愿说到做到,还带上了他最心爱的小女儿林默娘。

初次出海,小默娘看见什么都觉得新鲜,看见什么都要问个究竟。以往出海巡查,大伙儿吃不好睡不好,精神高度紧张,行程索然无味。这次可就不一样了,有了百灵鸟一样的六姑娘围在身边,谁也不觉得烦闷。

出海巡查的官船非常高大,甲板很宽阔,比村里的晒谷坪还要大得多。小默娘站在围栏边上,张开双臂,一脸陶醉地任由咸湿的海风打在小脸上。

"默娘,在想什么呢?"林愿问道。

"阿爸,咱们现在是要去哪儿啊?"

"去泉州港。"

"那您给我介绍介绍泉州港吧!"

"泉州港可不得了啊,那可是东方大港,来来往往的船只数都数不过来,那儿不仅有汉人,还有来自遥远地方的番客。他们有着蓝色的眼睛,高高的鼻梁,金黄色的头发,可有意思了呢!"林愿笑着说道。

"番客?那他们是哪儿人啊?"

"哎哟,那可就说不过来了,太多了,有好多个国家呢,比如占城、波斯、高丽、日本……"

林默娘跟着林愿,一个一个地掰着指头数,过了一会儿,她又问道:"阿爸,那他们不远万里,历尽千辛万苦地到咱们这儿来干什么啊?"

"傻孩子,当然是到咱们这儿来做生意啊!跟咱们交换商品啊!"林愿又笑了笑。

"做生意?"

"是的,番客把他们国家的东西运到咱们这儿来,比如象牙、香料、玛瑙、珠宝、犀牛角之类的,然后跟我们换成茶叶、丝绸、瓷器之类的东西啊!这样一来一去,他们就能从中赚上一笔啦!"

"哦,原来是这样!"小默娘点了点头,"那他们到泉州港得走多长时间啊?"

"那可就不一定了,近的如占城,来回一趟半年就够了,有些远的,得花上将近两年时间呢!"

"这么久啊!真是难为他们了。"

林愿叹了口气,说道:"时间久一些倒没什么,最让人担心的是,这一路过来,他们得与风浪作斗争,还得避开海盗的围追堵截,能平安来回就烧高香了。据那些番客说,他们中的人十个就有两三个得命丧风浪和海盗,唉,惨啊!"

小默娘听了,默默无语。

"默娘,在我们的东南方向,还有一个大岛,名叫流求,那可是一个比湄洲岛大好多好多的岛屿。流求岛孤悬海外,无依无靠,周围更是有无数海怪作恶,岛上的人民生活非常艰苦。"

"阿爸,您去过流求岛吗?"

"孩子,阿爸惭愧啊,这几十年来,阿爸只去过两次流求岛,每次都是九死一生才得以回来啊!"林愿说。

"阿爸,您可一定要小心啊!"说着,小默娘情不自禁地拉紧了阿爸的手。

林愿把小默娘拥在怀里,在她额头上亲了一口,说:"好孩子,放心吧,阿爸会注意的。除了流求岛之外,离大陆稍近一点儿的海域,还有几十个小岛屿,名叫澎湖列岛。"

"澎湖列岛?离咱们湄洲岛远吗?那儿的老百姓过得怎么样呢?"小默娘关切地问道。

"从贤良港出发,走上两天两夜就到澎湖列岛了,那儿的几十个小岛屿目前都无人居住,成了海盗们的老巢。因为澎湖列岛所在地是来往商船的必经之路,那儿又远离大陆,所以海盗们便在那儿占岛为王,干起了见不得人的勾当。"说到海盗,林愿便恨得咬牙切齿。

小默娘着急地问:"阿爸,官府为什么不去围剿海盗呢?"

"嗨,谈何容易啊?围剿海盗,得花上巨大的人力、物力和财力,官府怎么肯掏这钱呢?再说了,有些贪官污吏得到了海盗的好处,私下里跟海盗勾结在一起,给海盗通风报信,这样一来,官兵连海盗的影子都找不到,还谈什么剿灭啊?嗨,你瞧瞧阿爸是不是老糊涂了,你还是个孩子,跟你说这些干吗啊?"林愿又叹了口气。

"阿爸,咱们去泉州港,不是一直沿着海岸线走就行了吗?咱们的船怎么一直偏离大陆,往大海深处走呢?"小默娘发现大陆变得越来越模糊了,便疑惑地问。

"默娘真是细心啊!孩子,闽地海岸线非常曲折,近岸到处布满了暗礁,为了安全起见,船只只能敬而远之了啊!"

"哦,孩儿明白了。"

2

官船走了一天一夜,终于来到了泉州港。这儿果然如林愿所言,人头攒动,热闹非凡,叫卖声不绝于耳。小默娘在人群里钻来钻去,这边看看,那边瞧瞧,兴奋得不得了。

突然,眼尖的小默娘发现人群中跪着一个小女孩,那小女孩六七岁的样子，衣衫褴褛，蓬头垢面，裸露着双膝跪在地上，身后还插着一根干稻草。小默娘抬起头，问道："阿爸，这个小妹妹在干什么啊？"

林愿看了看跪在地上的小女孩，蹲下身子，问道："小姑娘，怎么跪在这儿啊？家里发生了什么事情吗？"

小女孩怯生生地说："老爷，求求您买下我，我……阿爸死了，我……我卖身葬父！呜呜呜……"

"卖身葬父？"小默娘一脸惊愕地看着小女孩。

"老爷，我是漳州人，前几天我阿爸带着我和村里人一起到泉州港来做生意。没想到半路上遇上了风浪，全船人都遇难了，呜呜呜……只有我还活着！"说到这儿，小女孩早已泣不成声。

"好可怜啊！"小默娘也忍不住掉下了眼泪，"阿爸，您……您就收下这个小妹妹吧！"

林愿把小女孩拉了起来，说："小姑娘，不哭了，你叫什么名字啊？"

"老爷，小女名叫阿蓝。"

"好，阿蓝，从今以后你就跟着我的小女儿吧，你俩一起做个伴儿，好不好啊？"林愿强忍着泪水说道。

"阿蓝，我叫林默娘，以后咱们就是好姐妹了！你放心，到了我们家，只要有我一口吃的，就永远不会饿着你。"小默娘拉着阿蓝的手说。

"小姐，阿蓝不敢奢望，只要老爷为我寻个地方安葬阿爸，以后阿蓝一定给小姐当牛做马，伺候小姐一辈子。"

"好了，好了，别说了，孩子……"林愿还是没能忍住泪水。

安葬了阿蓝的父亲之后，林愿带着随从找了家客栈住下。接下来的十几天里，大伙儿将在泉州港走访渔民、商户，了解近来的海事，为下一步工作做好先期准备。

不管是泉州港本地人，还是外来的番客，所有人都热情地与林愿打招呼，邀请他一起吃饭。那些远道而来的番客，一边热情地说着外国话，一边从怀里掏出一些新鲜玩意儿，要送给林愿。林愿仅能听懂一点点外国话，只见他朝那些番客频频微笑点头，双手却挡住了递过来的物品。

林愿双手抱拳，大声说道："各位客商，感谢你们来到泉州港，也感谢你们对我工作的认可。不过，身为都巡检，为大伙儿保驾护航是我的职责所在，又如何敢收受各位的重礼呢？都收起来吧，收起来吧！"

见林愿坚决不接受，客商们只好收起礼物，其中有一个黄头发的年轻番客，"扑通"一声就跪倒在地上，一连给林愿磕了好几个响头。林愿见状，赶紧上前扶起那位年轻番客，还轻轻地拍了拍他膝盖上的尘土。

这时，老家丁王福凑到小默娘耳边，小声地说："小姐，这名番客是波斯人。去年，老爷带着水兵围剿过一次漳州港外的海盗，救出了这名番客，还给了他一笔钱作为回国的盘缠。您瞧，这回是来报恩了。"

"是吗？阿爸从未提起过。王伯伯，阿爸真棒，我要向阿爸学习，将来也要做一个扶危济困之人。"小默娘一脸骄傲地说。

王福点头道："是啊，老爷不让我们提及此事。小姐，您跟老爷一样，都是菩萨心肠，好人一定会有好报的！"

这次，这名年轻的波斯番客带领一支庞大的商队，浩浩荡荡地来到了泉州。商队中有专门负责观测天象和海事的人员，还有专门负责保卫货物的保镖，因此这一路顺风顺水，平安地抵达了泉州港。

在年轻的波斯番客的盛情邀请之下，林愿带着小默娘、阿蓝登上了番船。没想到，这番船上还有不少汉人，他们有的是船工，负责检修船只，有的是水手，负责驾驶大船。在这里，不论肤色，不论语言，所有人都相处得很好，就像亲兄弟一样。

林愿高兴地说："好啊，多好啊！大伙儿安分守己，各司其职，和气生财，再好不过了！"

回到客栈后，马上就该吃晚饭了，可小默娘和阿蓝却不知上哪儿去了。林愿带着随从都找疯了，原来她俩爬上了房顶，在那儿聊天呢！林愿见俩孩子聊得火热，真是哭笑不得。

"阿蓝，你看那些番客跟我们闽人一样，热情好客，知恩图报，多么让人尊敬啊！"小默娘说。

阿蓝说："是啊！他们中的绝大多数都是本本分分的生意

人,吃了多少苦才来到我们这儿!我们真该善待他们。"

"你说得对!可是我们这里的海上并不太平,不是海怪逞凶,就是海盗作孽。唉,这种乱象什么时候是个头啊?"

小默娘的话,让阿蓝不知如何回答。

"阿蓝,你们漳州人出海前,也要到庙里去上香祈祷吗?"小默娘忽然换了个话题。

"当然了,"阿蓝说,"要是出海前不烧香拜佛,渔民们心里会很不安的。漳州人一般拜的都是观世音菩萨或者龙王。"

小默娘悠悠地说:"要是上天能赐予我法力,那该多好啊!我一定好好惩罚惩罚那些海怪、海盗,让他们永世不得翻身,无法再残害渔民、客商。"

"小姐!咱都是凡人,哪来什么无边法术啊?"阿蓝说,"再说了,小姐,您和老爷都是活菩萨,你们做的好事够多的了。"

几天下来,小默娘在王福和阿蓝的陪同下,逛遍了泉州的大街小巷。泉州城是当时中国排得上名号的大城市之一。这里商业繁荣,百姓安居乐业,不同民族的人在这儿和谐相处。要不是因为父亲要回贤良港,小默娘才舍不得离开这儿呢!

3

官船刚刚驶离泉州港，就碰上了大雾。刚刚还日头高照，一下子就不见太阳的影子了，周围白茫茫的一片，船就像行驶在天上一样，根本无法辨别方向。小默娘第一次见到这种场面，觉得特好玩，只见她拉着阿蓝，在甲板上来回奔跑，还伸出手来，要抓住那飘忽不定的迷雾。

"小姐，小姐，雾气这么大，看不清方向，咱们的船不会迷路吧？"阿蓝担忧道。

正在甲板上整理帆布的王福听见了，笑着说："这俩孩子，放心吧！迷雾倒没什么可怕的，咱们的官船上有指南针，最先进的指南针。只要有指南针在手，不管多重的雾，也挡不住咱们回家的路。"

"王伯伯，真有那么神奇吗？指南针在哪儿，我们能看看吗？"小默娘兴奋地问。

王福放下手中的活，拍了拍手，小声地说："你俩跟我来吧，小声点儿，别让林大人听见了。"

于是，三人蹑手蹑脚地来到了官船驾驶室。驾驶室很大，中间有一个平台，一位老者站在旁边，双眼紧紧地盯着平台看。

"瞧，那就是指南针了！"王福指了指平台。

小默娘和阿蓝快步上前，细细查看起来。王福介绍道："这个水罗盘就是指南针。你们瞧,罗盘上有一根铁针,四周有刻度,分别代表二十四个方向,银针针尖所指的方向就是南边。有了指南针的指引,就不怕迷失方向了。"

"这东西还真神奇啊!"小默娘和阿蓝忍不住啧啧称赞起来。

"可惜的是,这水罗盘造价不菲,"王福又说道,"一般人家可用不起。"

"王伯伯,其实对于经常出海打鱼的、有丰富经验的老渔民来说,附近海域的情况他们还是非常了解的,只要不离大陆太远,一般不会迷失方向。"小默娘说。

阿蓝接茬道:"是啊,渔民最担心的不是迷路,而是风浪,是海盗,是海怪。"

王福低头叹息道:"谁说不是啊!唉,可是一说到风浪、海盗、海怪,凡夫俗子又能有什么办法呢?只能祈求上天保佑喽!"

海上雾气太大,加上风很小,官船走得很慢。林愿在甲板上呼喊王福的名字,让他上去帮着摇橹划船。

回到甲板上,只见官船两侧分别站着一排水手,他们每个人手上都握着一根木橹,正在奋力地摇动着。所有人喊着整齐划一的号子,劲往一处使,力往一处用,木橹不停地激起阵阵水花,推动着官船往前行。

小默娘和阿蓝瞪大着眼睛,看着高大的官船在号子声中乘风破浪,忍不住拍手叫好。虽然有时候人的力量在大自然面前微不足道，可是此时此刻，小默娘和阿蓝看到了劳动人民的智慧和力量，她们震惊了。

林愿见两个孩子一动不动地盯着水手们看，笑着说："哈哈，瞧瞧这俩孩子，都看呆了。"

过了好一会儿，小默娘才回过神来，拉着林愿的衣襟，大声说："阿爸，阿爸，您赶紧让他们教我划船吧！"

"啊？"林愿吓了一跳，"你一个女孩子，学什么划船啊？"

"是啊，小姐，您是大小姐，身子骨金贵，划船是体力活，自然得由下人来干。"王福附和道。

"不，阿爸，王伯伯，"小默娘嘟起小嘴，争辩道，"要想征服风浪，要想收服海怪、海盗，不会划船怎么行？我不管，你们得教我划船。"

王福说："小姐，可是您还是个孩子，手无缚鸡之力，连橹都摇不动，怎么划船呀？"

"那怎么办啊？"小默娘一脸委屈地看着林愿，"阿爸，您给我想想办法。"

"好了，王福，你就别逗默娘了，"林愿说，"既然默娘诚心要学，你就抽空教教她，也教教阿蓝，就从划小船开始吧！"

"是，老爷！"王福点头说道。

"太好了，太好了！"小默娘和阿蓝高兴地叫道。

吃过午饭后，起风了，海上的雾渐渐散去，官船加快速度，朝西北方向驶去。

躺在舱房里的小床上，小默娘对阿蓝说："马上就要到家了，出来这么久了，也不知道阿哥和阿妈怎么样了，好想他们啊！"

"小姐，我……"阿蓝扭头看着小默娘，欲言又止。

"阿蓝，你放心，"小默娘知道阿蓝想说什么，"我阿哥和阿妈都是好人，他们一定会对你好的。"

听着小默娘的话，阿蓝的眼泪奔涌而下，她喃喃自语道："原以为阿蓝这辈子都将流浪在外、四海为家，没想到竟然遇上了小姐和老爷这样的大好人，这真是上辈子修来的福分啊！"

"说什么呢？"小默娘连忙打断道。

两人正说着话，只听得门外传来一阵欢呼声，接着王福推门进来，叫道："小姐，阿蓝，快，快起来，到甲板上看海市蜃楼。"

"王伯伯，什么是海市蜃楼啊？"小默娘连忙起身问道。

王福着急地说："小姐，赶紧起床，一会儿就没了，一边看一边给你们解释。"

两个小姑娘连忙披上衣服，跟着王福走出了舱房。站在甲板上，一眼望去，远处原本空荡荡的海面上，竟然坐落着一个小村庄，茅舍、田野、小山等，历历在目，就像真的一样。

"这就是海市蜃楼，可是难得的奇景啊！我跟着大人漂泊海上几十年，也只见过三四回。"王福说，"小姐，您运气可真是太好了，第一次出海就遇上了海市蜃楼！"

"天啊！王伯伯，那到底是什么啊？那边不是大海吗？怎么会有村庄啊？"阿蓝迫不及待地问道。

正说着，林愿笑眯眯地走了过来，说道："孩子们，大开眼界了吧？"

"阿爸，您……您快说说，这到底是怎么回事啊！"

"海市蜃楼是一种因光线折射产生的自然现象，大海上的村庄是虚的，是太阳光线把某个地方的村庄的影子折射到大海上的，就像镜子一样。"林愿耐心地解释道。

转眼的工夫，那海市蜃楼就不见了。小默娘这才依依不舍地收回目光，说道："阿爸，大自然真是奇妙无穷啊！"

"是啊！"林愿赞许地点头道，"大自然，包括大海，我们就算是穷尽一生精力，也难以窥得其奥妙于万一啊！"

听着阿爸的话，小默娘沉默不语，似乎陷入了沉思。

第三章

遇玄通获赐医典

1

寒来暑往,潮水退了又去,去了又来,美丽的湄洲湾贤良港又送走了两度春秋。两年多来,林愿夫妻将孤苦伶仃的阿蓝视如己出。虽说阿蓝名义上是小默娘的贴身丫鬟,可林家上下从未把她当下人看,从未让她受过任何委屈。

小默娘十岁了,出落得更加楚楚动人了。自从跟随父亲前往泉州港转了一圈之后,小默娘深刻地认识到,要想掌握海上风浪的规律、惩治海怪,就必须刻苦学习,不管是圣贤书,还是民间经验,都得一一接受和消化。于是,在阿蓝的陪伴下,小默娘几乎每天都足不出户,不是在家塾跟着杨先生念书,就是躲在闺房里独自冥思苦想。

小默娘不仅读书用功,自幼跟着阿妈吃斋念佛的她,还满怀着一颗慈悲之心。小默娘爱护植物,房前屋后的花草都是她一手打理的。每当春天来临,林家周围开满了各种各样的花

第三章 遇玄通获赐医典

儿,芬芳扑鼻,宛如仙境。她爱护小动物,常常把剩菜剩饭倒在门口的一个大碗里,引来无数鸟儿争食,鸟儿不惧生,围着小默娘叽叽喳喳地叫着,久久不愿离去。

五个女儿都出嫁了,洪毅和小默娘整天忙于读书写字,林愿又经常在海上奔波,所以王氏总觉得一个人寂寞,便养了一只鹦鹉,让它陪着自己说说话,解解闷儿。天长日久,王氏对小鹦鹉爱不释手,视若知己。

有一天,小默娘手上拿着一根狗尾巴草从花园里出来,一眼就瞥见了挂在屋檐下的小鹦鹉,于是上前逗它。小鹦鹉正站在鸟笼里的横杆上闭目养神,突然从笼子外面伸进来一根狗尾巴草,把它吓了一跳。小鹦鹉惊叫一声,奋力地扑打着翅膀。看着小鹦鹉惊慌失措的样子,小默娘心里很是内疚。

"对不起,小鹦鹉,吓着你了!"小默娘连忙道歉。

小鹦鹉瞪着一双惊恐的小眼睛,看着笼子外面的小主人,好像还没有缓过劲儿来。小默娘看着小鹦鹉,又抬头看了看辽阔而湛蓝的天空,自言自语道:"外面的世界多美好啊,可怜的小鹦鹉,你怎么就被关在这儿了呢?"

小鹦鹉好像听懂了小主人的话一样,微微地闭着眼睛,低下了头。

"小鹦鹉,要不我把你放出来吧,让你去看看外面的世界。"说着,小默娘就要伸手打开鸟笼。

这时,洪毅从房间里闪了出来,见小默娘要开鸟笼门,连忙问道:"小妹,你要干吗?"

"阿哥,小鹦鹉被关在笼子里实在太可怜了,我想把它放出来。"小默娘一脸天真地说道。

"那可不行,你又不是不知道,小鹦鹉可是阿妈的宝贝。你要是把它放走了,阿妈非揍你不可!"洪毅正色警告道。

"为什么?我就是觉得小鹦鹉太可怜了,我们不能一直把它关在这儿。"说完,小默娘义无反顾地打开鸟笼。小鹦鹉一见鸟笼被打开了,连忙扑棱着翅膀,"噗"的一声飞起来。

"好啊!你还真把小鹦鹉放走了,我这就告诉阿妈去!"洪毅生气地走了。

小鹦鹉并没有马上飞走,而是停在空中,一个劲儿地朝小默娘点头,许久之后才转身朝大海飞去。小默娘呆呆地望着小鹦鹉远去的背影,并未发现阿妈已经来到了身后。

"默娘,你怎么能擅自做主,放走阿妈的小鹦鹉呢?"王氏的脸色很难看。

"阿妈,请您原谅女儿的唐突。"小默娘低头说道,"女儿认为鸟儿喜欢自由自在,它属于天空,把它关在笼子里实在是太残忍了。"

"岂有此理!鸟又不是人,能一样吗?再说了,为娘虐待它了吗?让它待在笼子里,风吹不着雨淋不着的,还有吃有喝,有什么不好啊?"王氏假装生气地问道。

"当然不一样了!阿妈,要是……要是您把我关在小房间里，每天给我送吃的喝的，您说我能愿意吗?"小默娘眨着一双大眼睛，调皮地说。

"扑哧!"王氏忍不住笑了起来，"你这孩子……"

"呵呵，您看您看，阿妈您笑了，您笑了。"小默娘见阿妈笑了，高兴得直拍手。

洪毅嘟着嘴巴，很不服气地说道："阿妈，您就这么惯着小妹吧!"

"好啦，难得默娘有如此爱心，她做得对。洪毅，为娘希望你也能有一颗悲天悯人之心!万物皆有自由之天性，我们又怎么能剥夺其他生灵追求自由的权利呢?你说呢?"王氏拉着洪毅的手说。

"是的，阿妈!孩儿谨遵您的教诲!"洪毅低下头，温顺地应道。

几天之后，林愿巡海回来，得知小默娘私自放走小鹦鹉的事儿，非但没有生气，还夸小默娘有爱心，能处处为他人着想。林愿还当场问了小默娘几个问题，检验一下她最近一段时间的功课学习情况。小默娘均对答如流，惹得林愿开怀大笑，连日来奔波海上的辛劳疲乏一下子就没了踪影。

伫立一旁的杨先生说："林大人，不瞒您说，老朽此生教过的弟子无数，原本以为洪毅公子是最出类拔萃的一个，没想到默娘小姐更胜一筹。再过两年，恐怕老朽腹中再无点墨可传授于小姐喽!"

林愿连忙摇头道:"杨先生过誉了,小女即便再聪明,您也永远是她的恩师,您满腹经纶,小女穷尽一生,也未必能登堂入室啊!"

"林大人,"杨先生说,"老朽此言绝无夸大,要是小姐生得男儿之身,假如闽地再度开科取士,林家两个孩子定能同登金榜啊!"

说到"开科取士",林愿不禁陷入了沉思之中。想当年,闽王王审知治闽时,闽中可谓政通人和,优秀学子尽收囊中啊!可如今,陈洪进割据泉、漳二州十四个县,闽南百姓生灵涂炭,能接受教育的孩子并不多,更别提凭才华报效国家了。洪毅跟随杨先生攻读圣贤书多年,已是青年才俊,可至今仍是一介布衣。国家分裂,闽地学子报国无门,只能空悲切啊!

"唉!好了,不说了。"林愿叹息道,"对了,杨先生,再过几日就是中秋佳节了。今日,您休息一下,明天就回老家长坪村与家人团聚吧!节后,我再让王福去接您回来。"

"是的,辛苦一年了,您也休息几日吧!两个孩子的束脩,已为您备下,明日带回家去吧!"王氏说。

"谢谢大人,谢谢夫人!"说完,杨先生便回房收拾行囊去了。

2

没想到,杨先生竟然一去不复返了。

中秋节过去好几天了,林愿便差王福带着四个轿夫前往长坪村,接杨先生回来。可是第二天,王福等人抬着一顶空轿子回来了。

林愿问道:"王福,杨先生呢,怎么没有回来?"

王福哽咽道:"大人有所不知,杨先生……他仙逝了。"

"啊!怎么……怎么会这样?杨先生一向身体硬朗,怎会突然……"林愿非常震惊,一脸诧异地追问。

"小人赶到长坪村时也觉得奇怪,整个村子死气沉沉的,到处都可以看到新垒起的坟墓。到了杨先生家里才得知,长坪村最近闹瘟疫,已经死了几十个人了。杨先生学过医术,挨家挨户地给病人看病,没想到……没想到自己也染上了瘟疫。"王福一边说,一边流泪。

听说杨先生染上瘟疫去世了,洪毅就像一下子失去了依靠一样,"哇"一声大哭了起来。小默娘则把自己关在房里,一连几日茶不思饭不想。

当时的莆田全境,因为医药技术落后,老百姓"信巫不信医",一有个头疼脑热的,首先想到的不是找郎中看病,而是求巫婆、告神汉，将希望寄托在虚无缥缈的鬼神身上。再加上各地的巫婆、神汉勾结在一起，坑蒙拐骗，对悬壶济世的郎中百般刁难，甚至暗下杀手，使得方圆百里都难觅郎中的身影。

这天，小默娘突然打开房门，径直来到父亲房中，对父亲说："阿爸，女儿想去看看杨先生，给杨先生上炷香。"

林愿一惊，说："孩子，你的一片孝心，为父明白。可是那瘟疫看不见摸不着，极其可怕，万一染上可怎么办才好啊？"

"阿爸，孩儿不怕瘟疫，杨先生对孩儿恩重如山，如今他老人家仙逝了，孩儿无论如何也得去看看啊！"小默娘哭得十分伤心，叫人无比心疼。

没办法，无比宠爱小女的林愿只好答应了。不过，为防万一，林愿提笔修书一封，请自己的好友，福州名医唐先生即刻到湄洲来。他想：有唐先生陪着，至少能心安一些。

不日，唐先生应邀来到了湄洲。出发前，洪毅也说要一同前往长坪村，可王氏坚决不同意，她无论如何也不愿让两个孩子身陷险境。洪毅虽说心里不大情愿，可也能理解母亲的心情，便只好作罢了。

长坪村距贤良港三十里，早上出发，中午便到了。果然如王福所言，长坪村静静地卧在两座小山之间，虽已近中午，村里却不见炊烟，只有不断响起的悲悲切切的啼哭声。

林愿擦了擦模糊的双眼，对唐先生说道："唐先生，辛苦您了，看看能否找出村里闹瘟疫的根来。"

"放心吧,在下一定尽力而为。"唐先生紧锁着眉头说道。

在长坪村外走了一圈之后,唐先生还到了几户农民家中了解情况,查看了他们吃的饭菜、喝的水。之后,众人前往杨先生的坟墓祭奠杨先生,小默娘和阿蓝跪在地上不停地哭着,久久不愿起身。

"小姐,人死不能复生,你得注意身体啊!"唐先生扶起小默娘,"适才在下在这村里走了一遭,了解了病人的病情,还发现村里只有一口水井,全村人都饮那井中水。在下认为这场疫病源于饮用水污染,只需掏尽井底污浊之物,疫病自然解除。"

小默娘连忙擦干眼泪,转忧为喜:"先生,这么说您找到疫病病根了?长坪村百姓有救了?"

"哎呀,唐先生果然出手不凡。"林愿高兴地说,"这下好了,好了!"

唐先生谦逊地一笑,道:"何足挂齿,何足挂齿!"

林愿等人连忙回到村里,想尽快把这个消息告诉村人。来到水井所在的村中小广场时,众人却见高台上站着一个巫婆。那巫婆打扮得花枝招展,就像着了魔似的,不断地抖动着身子,口中还神神道道地大喊道:"瘟神横行莫害怕,大仙降临啦!只要喝下我的神水,保证瘟神躲着走。"

唐先生见了,无奈地摇了摇头,长叹了一声。

林愿挤进人群,来到了巫婆面前,朝周围的乡亲们拱了拱手,说道:"乡亲们,我是湄洲都巡检林愿,大伙儿不要听这巫婆胡说八道，这次村里闹瘟疫都是因为大家喝的水被污染了。只要下井把井底的脏东西清理干净了，这病自然就好了。"林愿又把唐先生拉到自己身边，继续说："乡亲们，这位是我从福州请来的名医，这一切都是他告诉我的，请你们相信我！"

林愿在莆田一带名声很好，乡亲们听了都巡检大人的话，就像有了主心骨一样，一下子就把那个张牙舞爪的巫婆赶走了。其中一个名叫李菁的村民还说："是啊，不要听这姓曹的巫婆胡说，我大伯昨天晚上喝了她的'神水'，非但没有好转，反而更严重了。"

可是又该请谁下井清理脏东西呢？人群中没有人说话。下井可不是闹着玩儿的，井底空气稀薄，人一不小心就会窒息，而且下面伸手不见五指，谁也不知道会不会藏着毒蛇什么的。

这时候，小默娘站了出来，大声道："既然没人愿意下井，就让我来试一试吧？"

乡亲们见是一个乳臭未干的黄毛小丫头，纷纷露出了鄙夷的神色。有人问道："哪来的小丫头？你是谁啊？"

小默娘说："鄙人乃都巡检家的小女儿，名默娘。"

阿蓝跑了过来，拉住小默娘说："小姐，万万使不得啊！井底被污染了，肯定很臭，您会受不了的。"

林愿也劝道："是啊，默娘，你还是个孩子呢！这活儿怎么能让你去干呢？"

"没事儿，放心吧，我心中有数。"说着，小默娘快步来到井边，跨进打水用的木桶中，"阿爸，您把我放下去吧！"

没办法，林愿只得轻轻地摇动辘轳，小心翼翼地把小默娘送到了井底。

过了好一会儿，小默娘在井底扯了扯绳子，林愿马上领会，迅速摇动辘轳，把小默娘升了上来。小默娘舀了几十桶脏水上来，又装了十几桶淤泥上来，最后一桶里面竟然有一只死狗。旁边的人看了，忍不住阵阵作呕，同时也在心底暗暗佩服小默娘的勇敢。

等小默娘一身污泥，满头大汗地回到井口时，井边响起了雷鸣般的掌声。李菁忍不住赞叹道："不愧是都巡检大人家的千金，果然巾帼不让须眉啊！"

长坪村的人喝上了干净的井水之后，再也没有人染上瘟疫了。从那以后，村民们一说起小默娘，总是竖起大拇指。

见长坪村瘟疫已除，松了一口气的唐先生归心似箭，拜别林愿一家之后，匆匆往福州赶去。或许是因为唐先生断了曹巫婆的财路，巫婆曹桂花竟然勾结张下村的神汉耿九，半路拦住了唐先生，把他毒打了一顿，还放言威胁道："要是唐先生再敢踏入莆田半步，非要了他的命不可。"

3

从长坪村回来之后,小默娘顾不上喝口水,就拉着林愿,可怜巴巴地说:"阿爸,我要学医,您给我请个名医吧!"

王氏惊道:"默娘,自古行医之人多为男子,你一介女流,学那干吗?"

"孩子,"林愿抚摸着小默娘的头,说道,"我理解你的心思,看到那么多人被瘟疫夺去了性命,看到巫医横行,你想为乡亲们多做点事情,为父甚是欣慰!"

小默娘高兴地说:"阿爸,您答应了,是吗?"

林愿点了点头说:"对,阿爸答应你,只要你有心学医,有毅力、有恒心,阿爸就是寻遍天下,也要为你找到一名良师。"

可是,前面说过了,莆田百姓"信巫不信医",郎中害怕得罪巫婆、神汉,已经很久没有人行医了,上哪儿给小默娘找名医呢?

不过,即便一时半会儿找不到良师,小默娘也没有放弃学医的理想。她翻遍了家中的书房,找到了几本与医学有关的古书,如饥似渴地读了起来。后来,林愿从漳州带回来几本医书,小默娘均一一认真翻阅。又一年过去了,小默娘通过自学,已经粗通医理了,也已经可以诊断一些简单的小病了。

第三章 遇玄通获赐医典

有一天,小默娘和阿蓝一道外出采药,回来的路上遇见了一个老乞丐。那老乞丐浑身脏兮兮的,身上爬满了苍蝇、蚊子,所有人都避之唯恐不及,只有小默娘不嫌弃,还主动上前打招呼。

小默娘掏出随身携带的干粮,递给老乞丐,说:"老爷爷,这是干粮,您快吃吧!"

老乞丐一脸感激地看了看小默娘,说:"谢谢你,小姑娘,你可真是个好人啊!"说完,接过干粮,狼吞虎咽地吃了起来。

老乞丐吃完干粮,一抹嘴巴,说:"好心的小姐,你把我带回家吧!我没地方住。"

"你这老人家好生奇怪,我家小姐好心给你干粮吃,你不但不感谢,反而得寸进尺,还要住进人家家里去,是何道理?"阿蓝一听,气不打一处来。

"唉,不得无礼!"小默娘连忙制止道,"老人家,不碍事的,您随我来吧!"

小姐发话了,阿蓝不敢再说什么。于是,两个小姑娘一左一右地搀扶着老乞丐,回到了家中。

王氏见女儿不明不白地领回来一个老乞丐,虽心生诧异,却也并未多言,只好吃好喝地款待老乞丐,并让他换上了一身干净衣服,安排了一间住处。穿戴一新的老人家,好像完全换了一个人似的,满面红光,银须飘飘,就像画上的仙翁。

一连好几天,老人家吃饱了躺下就睡,睡醒了起来就吃,就是不说一句话。小默娘从未多言，始终善待老人家，每天早上还到他房里请安。后来，老人家终于说话了："湄洲林家果然如外界所言，乐善好施，慷慨济困，六小姐更是兰心蕙性，菩萨心肠。"

林愿拱手道："老人家谬赞，林家受之有愧，受之有愧啊！"

老人家捋了捋胡须，道："贫道法号玄通，行医多年，颇有心得，近日听闻莆邑巫医横行，百姓多受其苦，故欲觅一品行端正、有医者心之人，授其医术，治病救人。入住贵府多日，总算是找着这个人了，默娘就是最佳人选，不知老爷、夫人意下如何？"

林愿夫妇听完，大为惊喜，连连点头，真是"踏破铁鞋无觅处，得来全不费工夫"。小默娘更是激动不已，连忙在玄通法师面前跪下，磕头就拜。

玄通法师不仅教小默娘如何望闻问切，还教她如何识别草药，如何煎药。小默娘本就聪明伶俐，又有了良师亲授，自然一点就通，医术日渐精湛。看着老少师徒二人一同探讨医理的温馨场面，林愿夫妇不由得喜上眉梢。

这日，玄通法师将小默娘叫到身边，递给她一本名为《医案千例》的古书。玄通法师说："默娘，为师乃闲散之人，在府上待的日子久了，得继续云游四海去了。这本医书乃为师一生行医之所得，现转赠于你，希望你好好学习，将来悬壶济世，救死扶伤。"

第三章 遇玄通获赐医典

"师父，徒儿一定谨遵您的教诲，可是您能多住些时日吗？徒儿还有好多问题要向您请教呢！"小默娘一听玄通法师要走，一下子就急了。

玄通法师笑着道："徒儿，为师已经没有什么可以教你了，剩下的你得自己参悟，自己领会了。"说完，便起身大步朝门外走去。

小默娘见自己拦不住师父，便连忙请来了父母。可等他们三人来到大门口时，哪里还有玄通法师的身影？

一年后，十二岁的小默娘已将《医案千例》读得滚瓜烂熟了。从此，莆邑大地上有了一位小郎中、女郎中。小默娘行医不到半年，便医治了无数病患，而且她从不收病人一分钱，乡人感激涕零，直呼她"活菩萨"。

就是因为这样，小默娘无意中得罪了臭名昭著的巫婆曹桂花和神汉耿九等人，他们扬言与林默娘不共戴天，一定要找机会好好整整她。

第四章

斗恶觋海岛采药

1

小小年纪的默娘,为了诊治病患,足迹遍布莆邑大地。对于病人,默娘总是有求必应,分文不取,不管是刮风下雨,还是夜半三更,只要家属上门求医,就是再远的路途,默娘也从无二话,背起药箱就走。

王氏担心女儿,每逢默娘出诊,她总是倚在门框上,眼巴巴地等着女儿回家。作为母亲,王氏深知女儿的脾性,她决定要做的事,就是九头牛也拉不回来。

王氏说:"阿蓝,小姐默娘执拗,我也没有办法。往后,只要默娘出诊,你和王福得好生伺候,不得有半点闪失。"

阿蓝点头道:"是,夫人,您放心!就算是为了莆邑百姓,阿蓝也得保护好小姐。"

其实,最让王氏担心的并不是默娘的身体,而是那些为非作歹的恶觋,尤其是巫婆曹桂花和神汉耿九。自从默娘悬壶济

第四章 斗恶觋海岛采药

世后,巫婆、神汉再也没人请了,他们游手好闲,不思悔改,却处处针对默娘。神汉耿九有个舅舅在泉州府为官,名叫黄达平,官职比林愿大一级。耿九总在黄达平面前添油加醋,说林愿的坏话,说他纵容女儿抛头露面,借行医之名欺骗百姓。因此,王氏害怕耿九刁难女儿默娘,也怕黄达平打压丈夫林愿。

所幸,林愿无意与黄达平争斗,一门心思扑在巡海缉盗上,只要黄达平不太过分,他总是忍着。见舅舅奈何不了林愿,歹毒的耿九竟心生一计,打算要了默娘的性命。

一天晚上,默娘因白天出诊,劳累一天了,吃过晚饭后便早早上床安歇了。半夜,门外突然响起急促的敲门声,同时传来一阵焦急的叫喊声:"默娘小姐,默娘小姐,救命啊,救命啊!"

睡梦中的默娘被惊醒后,连忙披衣下床,打开房门。只见门外站着一位瘦弱老汉,手上提着一盏灯笼,不远处还停着一顶轿子。

瘦弱老汉见门开了,连忙上前问道:"您是默娘小姐吗?谢天谢地,终于找到您了,求求您救救我家公子吧!"

默娘说:"老人家,别着急,您家公子怎么了?"

"默娘小姐,我是湖里村蒋老爷家的管家蒋求。刚才,我家公子吃过饭,没一会儿就说肚子疼,疼得满地打滚,汗如雨下。我家老爷听说默娘小姐菩萨心肠,妙手回春,特差小人前来请小姐前往诊断……我家老爷已备下……"

"好了,别说了,救人要紧,"默娘一边说,一边转身回屋,"你们等我一会儿,我马上就来。"

"默娘,怎么了?"王氏闻声起床,连忙问道。

"阿妈,湖里村蒋老爷家的公子得了疾病,我得赶紧去看看。"默娘答道。

王氏说:"可是天这么晚了,此去湖里村来回五六十里路呢!"

"阿妈,不碍事!"默娘背起药箱,朝屋里喊道,"王伯伯,阿蓝,你们准备好了吗?"

"小姐,来啦,来啦!"王福、阿蓝各提着一盏灯笼出来了。

"真是活菩萨啊,真是活菩萨啊!"门口的蒋求一个劲儿地点头哈腰。

坐上轿子后,两个轿夫迈开腿飞奔了起来,蒋求也在后面紧紧地跟着。王福和阿蓝只当是蒋家公子病情危急,蒋求想尽快把默娘送到府上,于是也低着头,加快了脚步。

轿子里的默娘一边听着耳边呼呼的风声,一边时不时地撩开帘布,观察外面的路况。约莫过了一刻钟,轿子后面的阿蓝和王福跑得气喘吁吁、大汗淋漓,眼看就要体力不支,追赶不上了。

这时,只听得轿外传来蒋求的声音:"十万火急,两位兄弟,抄小路,抄小路!"

默娘又撩开帘布看了看,嘴角露出一丝笑意,说:"老人家,停一下,停一下。"

第四章　斗恶觊海岛采药

"快停下，快……快停下。"王福听见默娘的声音，以为默娘在轿中颠簸太久难受了，连忙追上来，拦住了轿夫。

轿子停了下来，阿蓝也上气不接下气地追上来了。

蒋求着急地说："默娘小姐，您没事儿吧？请您原谅，我家公子的病情耽误不得啊！"

默娘摆了摆手，说："您误会了，我没事儿。这样，王伯伯，这里离湖里村还有几十里，天黑路远，您身体又不好，就别跟着了，回家去吧！"

"那怎么行？"王福拒绝道，"小姐，我……我得跟着您！"

"不用了，听我的，"黑暗中，默娘朝王福和阿蓝使了个眼色，"有阿蓝陪着我就行了。"

"是啊，是啊，这位老哥，"蒋求心中暗喜，"您就回去吧！放心，我们一定会照顾好默娘小姐的，等看完我家公子的病，我们把小姐平平安安地送回府上。"

阿蓝和王福看懂了默娘的眼色，不再说话。

默娘对两个轿夫说："两位大哥，还得劳烦你们，我这位妹妹与我一道坐在轿中，行吗？"

"行，有什么不行啊？这样咱们的速度就更快了，"蒋求连忙拉过阿蓝，"快，小妹妹，快上轿吧！"

默娘和阿蓝手拉着手，钻进了轿子，王福转身往贤良港走去。黑暗中，蒋求的脸上浮现出一丝阴险的笑："好了，继续赶路，快走，快走！"

两名轿夫脚下生风,在崎岖的小路上健步如飞。轿夫只顾低头赶路,哪里管得了轿子里的人,只见那轿子左右摇晃,幅度越来越大,好像时刻要掀翻在地一样。

2

又走了一段,他们来到了一座小山之巅,这哪里是去湖里村的路啊?小山有大概十丈高,悬崖下面是一堆乱石。

"停!"蒋求慢悠悠地说,"就在这儿吧!给我扔下去。嘿嘿,默娘小姐,明年的今日就是你的忌日。"

两名轿夫停住脚步,扎好马步,双手一用力,把肩上的轿子抛下了悬崖。只听得悬崖下面"哗啦"一声巨响,估计轿子摔了个粉碎。

蒋求满意地笑了笑,突然扭头朝向两名轿夫,阴森森地说道:"两位大哥,也请随那两位小姑娘去吧!"

"这……开什么玩笑?蒋管家。"两名轿夫面面相觑,不知道管家什么意思。

"老子可没跟你俩开玩笑。"话音刚落,蒋求身后突然跳出四个黑衣人,每个人手上都拿着一根长长的木棍,挥舞着指向两名轿夫。

"你……你们要干什么?"两名轿夫知大事不好,吓得面如土色，身如筛糠。

"嘿嘿！休怪老夫无情，"蒋求冷笑道，"对于耿九来说，你俩是外人，哈哈……摔死林默娘这事儿，越少人知道越好，你俩说对不对啊？哈哈哈哈……"

"你，你们……耿九，你这个贼人，过河拆桥，不得好死，不得好死！"其中一名轿夫咆哮道。

"贼人休要嚣张，住手！"一声断喝从小山的另一侧传来，随即只见那儿突然亮起十几把火把，默娘、阿蓝带着一群人朝这儿走来了。

蒋求吓了一跳，连忙擦了擦眼睛，没错，就是林默娘，她……她不是摔下悬崖了吗？

蒋求正纳闷，火把已经把他们团团围住了。原来是王福回贤良港搬来了救兵。

"好你个贼人，竟敢暗害于我！"林默娘杏眼一瞪，指着蒋求说道，"说，到底是谁指使你这么做的？"

"说！是谁？是谁？"人群中响起怒吼声。

两名轿夫见这架势，早就吓坏了，他们连忙跪下，一边磕头，一边说："仙姑饶命啊，仙姑饶命啊！我……我俩也是一时鬼迷心窍啊！早……早就听说了仙姑芳名，知道仙姑一向救死扶伤、扶危济困。我……我俩罪该万死，罪该万死，只求仙姑手下留情，日后我俩一定痛改前非……"

"仙姑饶命啊！"蒋求见众怒难犯，只得嗫嚅道，"我……我是受了神汉耿九指使,要暗害仙姑的。仙姑救死扶伤,不收任何诊金,断了那耿九的财路,于是他对您怀恨在心,这才让我谎称有人病危,把您骗到这儿,要摔死您的!仙姑饶命啊,仙姑……"

"果然是他,哼……"默娘恨得咬牙切齿。

原来,刚才在家门口,默娘就察觉出不对来了。默娘到处行医,曾不止一次到过湖里村,却从未听说什么姓蒋的老爷,而且眼前的轿夫和管家也从没见过。后来,轿子一路飞奔,颠簸得厉害,蒋求嘴上说是为了抄近路,可他们走的路却与湖里村南辕北辙。胆大心细的默娘将计就计,趁停轿说话的间隙,往轿子里搬了一个大石头。看懂默娘眼色的王福,回到贤良港搬来救兵,轿子里的默娘和阿蓝趁着夜色,瞅准机会,提前跳出了轿子。

"行,本姑娘可以饶了你们,但是你们必须把今晚的事情一五一十地写清楚,并在纸上签字画押。"默娘说,"还有,如果官府要找你们对质,你们必须到场,必须实话实说。"

"是是是,小的一定说到做到,一定说到做到。"蒋求等人不停地点头。

在众人的监督之下,蒋求写了满满三页纸,把恶觋耿九如何指使他们加害林默娘的来龙去脉写得清清楚楚。

回去的路上,蒋求喃喃自语道:"早就听说林默娘是活菩萨,是仙女下凡。今晚一见,果然名不虚传,唉,这耿九害我不浅啊!"

第二天一早,默娘就把蒋求等人的悔过书交给了父亲。林愿看完,气得浑身颤抖,大骂道:"好你个黄达平,纵容外甥行凶,却贼喊捉贼,我就不信没有个说理的地方。"

说着,林愿立马研墨修书,给陈洪进写了一封信,历数黄达平包庇外甥逞凶之罪行,请求陈洪进秉公执法,捉拿"暗杀事件"的幕后黑手耿九。

半个月后,泉州府来了一队衙役,不由分说,把耿九捆了起来,塞进了囚车。同时,黄达平也被陈洪进斥责了一顿,保证以后不再纵容耿九,不再插手林默娘行医之事。

默娘巧斗恶觋耿九的事一经传开,贤良港百姓无不拍手叫好,都说默娘虽为女子,却神勇无敌,轻而易举地为乡亲们除了一害。

耿九被抓起来了,巫婆曹桂花也没有了靠山,没有了帮凶,再也不能兴风作浪坑害百姓了。于是,没过多久,莆邑大地上那些原本盛极一时的巫婆、神汉,好像一夜之间都从人间蒸发了,不见了踪影。

为了让更多的病人能尽快得到救治,默娘向全城郎中发出倡议,请大家重新挂牌行医。以前,慑于耿九的淫威,莆邑大地的郎中没有谁敢公开行医。现在好了,耿九锒铛入狱,又有了威望极高的林默娘撑腰,郎中们纷纷重操旧业,加入了行医的行列,郎中重新得到了百姓的尊重和景仰。

3

林家乐善好施,只要有人找上门来,王氏总是尽己所能地慷慨解囊。每逢灾荒,林家还常常在村里的路口设粥棚,给来往逃荒的人们施舍米粥。林家几代为官之人均廉洁奉公,从不贪赃枉法、中饱私囊。林家也不像其他仕宦之家,家中除了王福之外,再无其他用人。全家平时的衣食住行也是尽量节俭,仅仅比普通百姓好过一些罢了。

默娘自行医开始,不取病患分文,反而一次次地倒贴中药钱,渐渐地,王氏便囊中羞涩了。这一切,细心的默娘都看在了眼里。默娘孝顺,知道这样下去不是办法,于是偷偷跟王福、阿蓝商量,自己要外出采药。

这么大的事,王福当然不敢答应,可默娘又不让他告诉王氏。没办法,王福只得说:"小姐,既然您心意已决,小人也不好多说什么,您做的这一切都是为了千千万万的穷苦百姓。小人什么也做不了,您就让我跟着您,照顾您吧!"

阿蓝也帮腔道:"是啊,小姐,您就让王伯伯跟着吧,至少一路上也能有个照应。再说了,王伯伯是老水手了,有他陪着,咱们就能顺利出海啊,到了海上王伯伯就知道哪座岛上有草药,咱能省下不少工夫呢!"

第四章 斗恶蜮海岛采药

默娘当然求之不得,可她也不敢耽误王福为家里做事,因此,只要不出海,默娘便不让王福陪同。

这日,吃过早饭,三人驾着小船出海,来到了位于贤良港东南方十五里处的草木岛。草木岛很小,小船绕岛一周都用不了一刻钟。上得岛来,默娘和阿蓝不禁为草木岛上的风光所吸引。小岛不大,海拔却不低,四周云雾缭绕,如梦如幻。碧绿的海水轻轻地拍打着岸边的石头,那声音就像从遥远的天边传来一样,圣洁而深邃。洁白的水鸟绕着小岛飞翔,时而贴着水面低鸣,时而突然腾空而起,令人羡慕不已。

王福介绍道:"小姐,阿蓝,你们看,这岛上雾气很重,树木繁盛,百花盛开,肯定是一个盛产草药的地方。"

默娘环顾四周,兴奋地说:"太好了,谢谢王伯伯,有了这个小岛,我想以后就不用愁草药了。"

"小姐您看您说哪里话!能为小姐做一点小事,小人感到万分荣幸。"王福说,"小姐,咱们快走吧!今日老爷巡海回家,咱们也得早点回去才是。"

老少三人穿行在云雾弥蒙的草木岛上,不一会儿来到了一个瀑布下。默娘抬头看了看,突然指着瀑布旁边的石壁,高兴地叫道:"看,那是车前草,太好了,终于找到了。"说着,默娘放下背上的竹篓,就要去摘那车前草。

王福连忙拉住默娘,说:"小姐,那儿太湿了,石头很滑,还是让小人去采吧!"

"不，王伯伯，"默娘拒绝道，"您年纪不小了，身体不够灵活，还是我去吧！"

"好啦，你俩都别争了，还是我去吧！"阿蓝跃身而起，跳到了瀑布下，然后手脚并用，转眼间就攀上了崖壁，顺利地摘下了车前草。

王福和默娘看得目瞪口呆，心都提到了嗓子眼儿。阿蓝却像一只小猴子一样，上蹿下跳，灵活极了。

"阿蓝，没想到你还有这身手啊，真不简单！"默娘由衷地佩服阿蓝，朝她竖起了大拇指。

"小姐，我老家村里有人专门收购草药，为了贴补家用，那时候我也跟着大伙儿上山采过不少药材呢！"阿蓝自豪地说。

"是吗？"默娘惊道，"怎么从没听你说起？这下好了，既然干过这活儿，自然也认得不少药材，你可帮上我大忙了呢！"

阿蓝"咯咯咯"地笑着。王福说："这阿蓝，深藏不露啊！你可得多帮着点小姐……"

草木岛上还长着不少野果，三人一边采药，一边摘野果吃，便不觉得辛苦了。

不到两个时辰，三人吃得饱饱的，背上的竹篓也都装满了，该回家了。

来到刚才泊船的地方，阿蓝突然跳了起来，大叫一声："哎呀，什么呀？"

王福以为阿蓝踩到毒蛇了，连忙奔过来，一看原来是一堆白骨，不由叹起气来，道："唉，可怜啊！"就在那堆白骨的旁边，还横七竖八地躺着几根木头，是船上的木头，都腐烂了。

王福抹了抹眼泪，低声说："看来，这儿有一艘船翻了，渔民受伤了，死在这儿了，可怜啊！"

默娘也过来了，一看见那白骨，眼泪就下来了，"王伯伯，咱们把这白骨带回陆上安葬了吧！"

王福点了点头，蹲下身子，小心翼翼地拾起白骨，装进随身携带的一个布袋里。

默娘望了望眼前浩渺无边的大海，叹道："唉，我能凭借医术和药物救助那些生病的百姓，却救不了这些死难的渔民，真是无用，无用呀！"

阿蓝哽咽着说："小姐，您也别太伤心了，这大海之上无依无靠，又无法预测风浪，自古以来，葬身大海的人数都数不过来，咱们又能有什么办法呢？"

"不，阿蓝，一定会有办法的！"默娘道，"王伯伯，请您教教我划船吧！"

王福抬起头，许久才说："好，小姐，待会儿回去的路上，小人就教您划。凭您的聪明才智，我想一定很快就能学会的。"

就像王福说的那样，默娘果然聪明，王福只简单地示范了几次划船动作，默娘便学得有模有样了。王福说："小姐，怪不得大伙儿都说您不是凡人，看来此言不虚啊！"

默娘又叹道："唉，我要不是凡人就好了，就能拯救渔民于水火，让他们免于遭受这风浪之苦啊！"

"这大海也是奇怪，有时候温顺得像条小狗，有时候又凶狠得如同野狼，真摸不清它的脾性。"阿蓝说。

"阿爸阿妈说过，万事万物均有其规律，人们之所以总受其苦，就是因为还不了解它们。只要了解了大海的脾性，了解了风浪的规律，它们也能为我所用。"默娘说起这话来，就像一个大人，让阿蓝不由得肃然起敬。

默娘指了指前方的一个小岛，问道："王伯伯，那个岛叫什么名字啊？"

王福顺着默娘的手指望去，只见那小岛光秃秃的，上面都是裸露的石头，什么植物也没有。王福说："那叫菜岛，岛上寸草不生，连鸟儿都不愿在那儿歇息，是个名副其实的荒岛。"

默娘一边摇着船橹，一边说："有朝一日，我一定要让菜岛披上绿装，也跟草木岛一样，郁郁葱葱、生机勃勃。呵呵……"

阿蓝与默娘情同姐妹，平时有话就说，从不避讳。她不以为然地说："小姐，这谈何容易啊！那岛上要是真能种树木，湄洲人早就种上了，还用等您动手吗？"

王福呵呵笑道："那可不一定，世上无难事，只怕有心人啊！咱家小姐是什么人？不是凡人啊！"

"王伯伯……"默娘羞红了脸。

第五章

造宝船窥井得道

1

只要不出诊,默娘每天都要爬上后山的山顶,看看大海,看看天空。默娘实在太想穷尽大海与天空的奥秘了。可是默娘毕竟还是个孩子,没有任何出海的经验,而且当时也没有太多关于气象、大海的书供她研读。因此,不管怎么观察、怎么想,她的小脑瓜子里还是一团糨糊。这可怎么办?

后来,阿蓝给默娘出了一个主意:"小姐,您既然不收病人家属的钱,可以让他们用一种东西换啊!"

"用东西换?不行不行!"默娘一听,连连摆手道,"那不就是变相索取了吗?"

"您听我说完嘛!"阿蓝说,"您就让他们给您讲一个有关大海或者天象的故事,不就行了么!这样一来,病人家属能心安一些,您也能学到不少知识,这不是一举两得么!"

默娘一听,瞪大了眼睛,连夸这个主意好!于是,从那以后，默娘每次看完病，都要求病人家属给她讲讲海上的故事。回到家后，默娘便把这些故事一一记下来。不出半年，默娘就成了一名经验丰富的水手和天象师了呢！凭借那些听来的经验，她也能试着预测风浪、分辨天象了。

除了用心倾听，默娘还缠着王福教她划船。王福教得非常用心，比如如何辨认海底的礁石，如何避开大型的、有攻击性的鱼类，如何在风浪中掌舵，等等。十三岁的默娘，驾驶技术已经很娴熟了，再加上她游泳功夫了得，一般的风浪还真奈何不了她。

有一天，默娘和阿蓝在码头玩耍，见平静的海面上驶来一条形状怪异的小船。船上坐着一名衣衫破烂的老者。海面上无风无浪，老者就那样安静地坐着，那船却开得飞快。

小船停在岸边，那老者跳下船，径直朝默娘和阿蓝走来，说道："小姑娘，老朽要北上福州，路过宝地，有一事相求！"

默娘认真打量了一下老者，眨巴着两只大眼睛，好奇地问道："老人家，您需要帮忙吗？"

"正是！"老者稍稍一鞠躬，指了指不远处的小船，"老朽的小船破烂不堪，想请贵宝地的修船工给修一修，不知……"

默娘拉着阿蓝的手来到了那艘小船边，仔细地观察起来。真是不看不知道，一看吓一跳，这小船也太怪异了吧！小船长约一丈，宽约一尺，两头尖尖向上翘起，船舱放着一根细长的竹篙，船底呈倒三角形，要是搁在沙滩上，连放都放不平。更让人匪夷所思的是，这小船早已破烂不堪，木头严重腐烂，似乎伸手一碰，就会四分五裂一样。奇怪了，就这不堪一击的小船，老者怎么还能驾着它出海呢？

不过，默娘不好多问，只是朝老者颔首道："老人家，您这小船虽说破损严重，不过您不用担心，默娘这就请家人前来维修。"

老者大喜，道："哎呀，久仰久仰，你就是大名鼎鼎的湄洲林默娘啊？"

默娘低眉道："老人家言重了，小女愧不敢当！阿蓝，你快回家，把这儿的情况跟王伯伯说清楚，让他速带工具来此，为老人家修船只。"

"是！"阿蓝领命而去。

不一会儿，阿蓝和王福急匆匆地赶来了。

"劳您大驾！"老者又朝王福鞠了一躬。

"老先生不用客气，我家小姐菩萨心肠，从来见不得人有困难，您别着急，小的这就动手！"王福看了看那小船，说道，"老先生，小的已经多年不曾见过这种小船了。您这小船已破败不堪，恐怕得重造一艘才行啊！"

老者微笑道："麻烦您了！"

王福把默娘拉到一旁，低声说："小姐，这老人家的船根本无法再用了，得重新造一艘。可这事关重大，我得请示夫人才行！"

"行，这事您放心，我随您一道回府，跟阿妈说清楚。"说着，默娘转身，对老者说："老人家，您在此稍等片刻，小女这就回家找来木料，为您造船。"

回家后，默娘将在码头上的见闻一一告知王氏，又道："阿妈，那老人家急于赶往福州，要是没有船，怕将耽误大事，还请阿妈同意。"

王氏想了想，说："阿妈知道了，难得你有如此爱心，你阿爸说过，只要是正当的请求，均要满足于你。王福，造好小船需多少时日？"

"回夫人，至少要三天时间。"

"好！那就麻烦你了。"王氏说，"默娘，你去码头把那老人家领回来吧！让他在咱家待几天，等船造好了再启程前往福州吧！"

默娘高兴坏了，一蹦三尺高，还一连在王氏脸上亲了好几下，然后就转身蹦蹦跳跳地朝码头走去。

进得林家后，那老者向王氏问好后，便径直朝上次玄通法师住过的房间走去，好像他是这儿的常客似的，一点儿都不陌生。真是船奇怪，人也奇怪！

更奇怪的事情还在后头呢！这三天，那老者不吃不喝，却成天跟在王福后面，看他造船，还时不时地指点一二。

小船造好了。第四天，默娘早早地来到老者房前，请他验收小船。可是，敲了半天门，里面一点儿动静也没有。默娘慌

第五章 造宝船窥井得道

了神，连忙请王福撞开了房门。房间里空荡荡的，被子叠得整整齐齐，默娘连喊了好几声，也不见那老者的踪影。

应声进门的阿蓝，在桌上发现了一张纸条，正是那老者留下的。只见纸条上面用蝇头小楷写着："林氏默娘，好久不见，贫道玄通这厢有礼了！此次造访，是为赠尔小船一艘。这艘小船虽外形怪异，却有神助，风驰电掣，将来定能助你在海上飞奔，挽狂澜于既倒，救万民于水火。望尔珍重！珍重！"

默娘拿着纸的手不停地颤抖着，激动得不知道该说些什么。过了好久，她才反应过来，大声叫道："快，快，带着小船下海，下海……"

2

再说那小船放入水中后，只等默娘一登上去，便飞速疾驰起来，就像有几个小伙子在奋力划桨一样。默娘激动万分，嘴里喊道："走，往右，往右！"那小船好像能听懂号令似的，突然船身一偏，直直地朝右边冲去。

奇怪的是，这小船好像只认默娘一个人似的，阿蓝和王福也轮流登上去过几次，却一点儿也不见动弹。无论他们怎么发号施令，那小船就像被人施法定住了一样，一动也不动。默娘这才恍然大悟，这小船是玄通法师给自己送来的宝物。

回到沙滩上,默娘一脸肃穆地跪了下来,虔诚地朝着东方的大海拜了又拜,口中念道:"谢谢师父赐默娘宝船。默娘一定谨遵您的教诲,救危难于海上,斗风浪、惩海怪,此生矢志不渝!"

王福和阿蓝也跪了下来,他们都在心底为默娘得赠宝船而感到高兴,有了这艘宝船,默娘终于能实现自己的愿望了。

"小妹,小妹,快回家!"远处传来洪毅的声音。

"阿哥回来了!走,回家看阿爸!"默娘扭过头来,高兴地说。

"呵呵,呵呵,阿爸回来喽,阿爸回来喽!"默娘人还未到,银铃般的笑声便传了过来,"阿爸,您怎么了?好像不高兴啊!"

"小妹,就在刚才,我和阿爸巡海回来,快到湄洲湾时,只见海上突然风起云涌,狂风大作。我们乘坐的是官船,一般的风浪奈何不得。可怜的是那几条小渔船,没等我们的官船靠近,就被风浪卷入了海底。唉……阿爸正为自己救不了那些渔民而感到懊恼呢!"洪毅小声地说道。

"阿哥,阿爸,那些渔民打捞上来了吗?"默娘焦急地问道。

"没呢!生不见人,死不见尸,只有一些渔船碎片漂到了湄洲岛上。"林愿叹息道,"默娘,阿爸无用啊!"

"走,阿蓝,随我一同前去看看。"说着,默娘拉起阿蓝,往大门外走去。

第五章 造宝船窥井得道

"哎！默娘，你们要去哪儿啊？"王氏惊道。

"老爷、夫人莫急！"王福解释道，"你们还不知道，前几日住在咱家的老先生让小人造的小船，原来是他特意送给小姐的宝船。那宝船可了不得，不用风力也不用人力，竟自己能飞速运行，而且只听小姐一人号令。有了这宝船，小姐想去哪儿就能去哪儿，你们就放心吧！"

王福的话让林愿夫妇和洪毅感到万分惊讶，世上竟真有如此宝物？真有神灵前来襄助默娘？可是林愿却高兴不起来，这到底是福是祸，谁也说不清楚，恐怕只有上天知道。

两位姑娘立在宝船之上，默娘指挥着宝船朝湄洲岛方向驶去，不到一刻钟，她们便登上了湄洲岛。这是默娘第一次上湄洲岛。湄洲岛真乃人间仙境啊！金黄色的沙滩，静静地铺展开来，在阳光的照射下，显得绚丽夺目。海风轻拂着岛上的绿树，树叶的沙沙声与海浪的低吟，合成一支美妙的曲子。岛上怪石嶙峋，惟妙惟肖，巧夺天工，让人不由得在心底赞叹大自然之鬼斧神工！要不是因为这里刚刚发生了一场惨烈的海难，默娘还真想在这美丽的小岛上好好地游览一番呢！

远远地，默娘和阿蓝就看见了海滩上躺着一堆木头。果真如洪毅所说，有几块木头上还刻着"湄洲"字样。木头的断裂处都是崭新的，说明海难刚刚发生不久。有的木头上还挂着一些破布，那是渔民在海上挣扎时留下的。可是，此时的海上无风无浪，好像什么事情也没有发生过一样。大海啊，你为何如此冷血，如此无情？

泪水模糊了默娘的双眼，她无声地哭泣着，抚摸着那些断裂的木头，轻轻地取下挂在上面的布条，让阿蓝收好。

"阿蓝，收好吧，一会儿带回贤良港。可怜的渔民回不来了，这些布条就让他们的家人给修个衣冠冢吧！"

"是，小姐！"阿蓝低头，双手接过，涕泪直流。

默娘跌坐在沙滩上，目光如炬，却一言不发。阿蓝不知道，此时的默娘正在心里暗暗发誓。那是一个听来叫人落泪泣血的誓言，那不是一个十三岁的女孩子该有的誓言。

默娘心里道："老天爷，小女默娘无德无能，只能眼睁睁地看着那些可怜的渔民葬身大海。如果上天垂怜，小女愿以三十年阳寿，换得制服风浪、海怪之本领。"

此时，默娘的耳畔突然响起一个声音："默娘，难得你有如此爱心！精诚所至，金石为开。如果你有了查看天时、风浪之本领，请记住今日之誓言，扫平海患，护佑万民于海上。"

默娘一惊，瞪大双眼，忽然站了起来，大叫道："菩萨，菩萨，您在哪里？您在哪里？小女愿意，小女愿意……"

见默娘言语反常，阿蓝吓坏了，连忙拉着默娘的双手，带着哭腔道："小姐，小姐，您这是怎么了？怎么了？是不是受刺激了？好了，好了，没事儿了，没事儿了！"

"不，不，阿蓝，阿蓝，你听见什么声音了没有？上天……上天在跟我说话，跟我说话呢！"默娘甩开双手，抓着阿蓝的双

第五章 造宝船窥井得道

肩,不停地摇晃着。

阿蓝一脸惊恐地看着默娘,说:"小姐,没……没听见啊,你是不是幻听啊?"说着,阿蓝一把将默娘抱住,紧紧地,久久不愿松手。

不知过了多久,默娘才慢慢地安静下来,恢复正常。默娘不甘心,要到大海上去看看有没有幸存者。阿蓝拗不过默娘,只好跟着她又登上了宝船。

宝船绕着湄洲岛转了一圈又一圈,默娘瞪大眼睛,在海面上扫视着,不愿放过任何一个角落,可最后还是一无所获。

回到家后,默娘大病了一场,连续高烧不退,嘴里还一直说着胡话。这可把王氏吓坏了,一次又一次地追问阿蓝,到湄洲岛时看到了什么,说了什么。

阿蓝吞吞吐吐地说:"我们带回来一些遇难渔民留下的衣服,小姐还说……"

"小姐说什么了?你快说啊,"林愿急得额头上冒汗,"真是急死人了。"

"小姐说,说她听见了神仙在跟她说话……"

"唉,这孩子小小年纪,心事却如此之重啊!难为她了。"林愿摇了摇头。

"你们在说我什么啊?呵呵……"默娘走了过来,歪着头问道。

"这孩子,你怎么起来了?"王氏见默娘不像生病的样子,连忙伸手摸了摸她的额头,"咦,不烧了,你好了?"

默娘诧异道:"阿妈,您说什么呢?什么不烧了?什么好了?"

林愿夫妇面面相觑,默娘却拉起阿蓝,说:"走,阿蓝,陪我去村里走走!"

看着两个小姑娘远去的背影,林愿夫妇久久没回过神来。"这孩子怎么说病就病,说好就好了?真是奇怪!老天保佑,可别让这孩子受什么罪啊!"王氏转身来到佛堂,捻起佛珠,开始祈祷起来。

3

这天是中秋节,村里人大多在家休息,孩子们也穿上节日的服装,三五成群地玩着游戏。默娘着一袭红衣,头上插着两朵菜籽花,显得素雅可人。好久没和大伙儿一起玩儿了,默娘叫上了邻居阿雪、阿芳,与阿蓝一道,来到了一个小花园。

小花园年久失修,已经很久没人来了,不过正因为人迹罕至,这里的花儿便特别多,长势也比别的地方好。四个姑娘在花丛中来回穿梭,一会儿摘下几朵花儿戴在头上,一会儿追着蝴蝶到处跑。这花园里原本还有一口古井,后来不知道怎么了,古井干枯了,没水了。为了防止小孩落入井中,村民们便

第五章　造宝船窥井得道

在井口放上了一块大石板。

玩了一会儿,姑娘们兴致渐减,便都坐在那块大石板上,有一句没一句地闲聊着。突然,默娘想起了那天在湄洲岛海滩上菩萨跟她说的话——"精诚所至,金石为开"。

默娘想:金石为开!我现在坐着的就是一块大石板。神仙是不是指点我移开这块大石板?

想到这儿,默娘连忙叫女伴们站起来,自己则在井口站好,慢慢地蹲下身子,运足力气,伸出手用力把那大石板一推。别看默娘身子骨弱,那块石板还真让她给推开了。

石板刚一推开,就见从井底冒出一团白色的雾气,随即还传来阵阵悦耳的仙乐。包括阿蓝在内的三个女伴,一见这情形,以为妖怪要出来了,吓得面如土色,撒腿就跑。只有默娘没有跑开,而是往后退了几步,然后睁大眼睛,紧紧地盯着那井口看。

又过了一会儿,只见井口雾气散去,一名鹤发童颜的老仙翁缓缓升起。老仙翁一脸慈祥,左手托着一个金盘和铜符,右手托着一本金色的大书,朝默娘走了过来。

默娘觉得那仙翁有几分面熟,好像是自己的师父玄通法师。愣了好一会儿,默娘才反应过来,赶忙朝仙翁鞠躬问好:"小女林氏默娘,拜见仙翁!"

"免礼!"仙翁笑了笑,把两只手上的东西递给了默娘,"林氏默娘,今日本座将这金盘、铜符和天书交与你。"

默娘想都没想，就接了过来，端详着金盘和铜符，又着急地翻开天书。可是，那天书里竟然一个字也没有。

默娘正要开口问，那仙翁摆手道："林氏默娘，莫急！这金盘、铜符是宝镜，你可从中窥得海怪作祟之秘密。这无字天书是《玄微妙法》，日后可助你预测海上气候之变化。常人看来这是一本无字书，如你遇疑难之事，可焚香祷念《观音经》，书中便会显出字迹来，助你一臂之力。"

"仙翁，谢谢，谢谢……"默娘激动得眼泪都流下来了，连忙跪在地上，"小女，小女一定好生研读，一定不辜负仙翁期望。"

等默娘起身时，那仙翁早已不见了，抬头望去，只见天空中腾起一缕彩云，朝东边缓缓飘去。

至此，玄通法师已三次来到默娘身边：变化成郎中，教默娘行医之术，赐默娘《医案千例》；变化成老者，赐默娘宝船一艘，可穿行海上，如入无人之境；变化成仙翁，赐默娘宝镜和天书，可查风浪气象之奥妙，可窥海怪为非作歹之行径。

默娘找到阿蓝，跟她说起刚才的井口遭遇，还给她看了自己得到的宝镜和天书，阿蓝这才拍了拍胸口，说："小姐，您可真是仙女下凡，有了这些宝物，以后何愁海怪不灭、海难不息啊！"

"但愿如此吧！"默娘也一样，掩饰不住内心的激动。

回家后，听完默娘的描述，见到宝镜和天书后，林愿夫妇又是喜又是忧。喜的是，默娘有了神器相助，定能实现她的美好愿望；忧的是，上天将如此艰巨的任务交给一个才十三岁的小女孩，默娘今后还不知道得吃多少苦，受多少罪！

六神无主的王氏连忙微闭双眼，双手合十，喋喋不休地念道："大慈大悲的观世音菩萨，大慈大悲的观世音菩萨……"

有了宝物在手，默娘充满了信心，相信自己一定能学得通天法术，战胜邪恶，拯救万民。从此以后，默娘更加深居简出，埋头学习医术，研究宝镜和天书。一个月后，默娘已法力大增，所向披靡了。

默娘坐在家中，手持宝镜，便能洞晓海上的动静。如果哪里有难，她便立马驾驶宝船，火速赶往事发地，降服风浪，惩治海怪，引领船只安全靠港。每日清晨，默娘都会坐在贤良港码头上观测天象，并告知渔民今日是否可以出海。贴身丫鬟阿蓝，因一直陪在默娘身边，也学会不少法术，成了默娘的得力助手。

善良的湄洲湾百姓，不管遇到什么困难，都会前来问问默娘。对于默娘的忠告，他们也都深信不疑。渐渐地，湄洲湾百姓都尊敬地称默娘为"龙女""神女"。

林愿也很高兴，成天乐呵呵的。他想：自己一生巡视海疆，除了打击海盗之外，终究斗不过变幻万千的气象。现在女儿有神灵相助，自己的事业后继有人，也终于可以松一口气了。

可王氏始终放心不下,她觉得女儿这是在与天地相争,甚至有违天意。作为母亲,她宁愿女儿一生碌碌无为,也不愿让其去冒这样的风险。

第六章

梳帆髻心许大海

1

默娘在莆邑大地名声大振,人人争相传颂,说湄洲湾贤良港上林村出了一位仙女,此女貌比天仙,心如菩萨,是龙女下凡。于是,泉、漳二州一十四县天天有人慕名来到贤良港,要一睹默娘芳容。

默娘正潜心研究医术、天象,自然没有时间接待来访之客。这天,有点心烦意乱的默娘带上阿蓝出海采药去了。

宝船在大海之上乘风破浪,远离喧嚣的默娘,心如止水,怡然自得。很快,半天过去了,默娘和阿蓝满载而归。

回家的路上,默娘看见那座光秃秃的菜岛,便想起了之前与阿蓝、王福说的话,遂扭头问阿蓝:"阿蓝,时间尚早,要不咱们上菜岛看看?"

"好啊!咱们多次打此经过,却从未上去过,这次就上去看看吧。"阿蓝也想上岛玩玩。

说话间，两人停下宝船，上了那荒无人烟的菜岛。上得岛来，才发现这菜岛比想象中还要荒凉：这里到处都是光秃秃的石头，一棵草都看不见。要不是时不时有些鸟儿飞来这里休息，这儿就一点儿生气也没有了。

阿蓝看了看默娘，只见她蹙起眉头，不知在想什么。阿蓝便想逗逗默娘，于是笑着说道："小姐，上回您不是说有朝一日一定要让这菜岛也披上绿装吗？咯咯咯……"

默娘见阿蓝不怀好意地笑，正色道："你这丫头，你以为我是说着玩儿的？我还真得试试！"其实，在菜岛上走了一圈之后，默娘已经心中有数了。

默娘指了指远处的一块大石头，说："阿蓝你看，那些大石头上到处都是海鸟的粪便，这就是最好的肥料啊！有了这些肥料，花草就能生长了啊！而且，你可别小瞧那些海鸟，要是能让它们帮帮忙，何愁菜岛不变绿？"

阿蓝诧异道："小姐，您的意思是要用海鸟的粪便种花草？"

"对，我就是这么想的！"

"小姐，您开玩笑的吧？海鸟的粪便能有多少啊？再说了，光有海鸟粪便也不行啊，得有土壤啊！得有淡水啊！"阿蓝说。

"你说得没错，既然如此，咱们为什么不请海鸟帮帮忙呢？让它们效仿精卫填海，到陆地上衔些泥土来。只要海鸟们都来帮忙，积少成多，土壤的问题不就解决了吗？关于淡水的问题，据我观察，这个海岛应该有淡水。"默娘一脸认真地说道。

"小姐,您……您是说您能请来海鸟帮忙?"阿蓝半信半疑地问道。

"试试嘛!不试怎么知道行不行?"说着,默娘闭上眼睛,双手合十,口中念念有词。

还不到一顿饭的工夫,突然从四面八方飞来无数海鸟,黑压压的一片,笼罩在菜岛上空,围绕在两个女孩身边。

阿蓝都看呆了,惊叫道:"神了,神了,海鸟竟然能听懂我家小姐的话。"

默娘继续默念咒语。又过了一会儿,只见那些海鸟突然掉头,纷纷朝大陆的方向去了,顷刻之间,菜岛上空空空如也,一只鸟儿也不见了。

阿蓝又一次惊呆了,大喊道:"太神奇了,太神奇了!小姐,那些鸟儿真的听您的话,都去陆地衔泥了吗?"

默娘神秘一笑,道:"急什么,等等看不就都知道了?"

阿蓝连忙爬上最高的一块巨石,踮起脚尖,朝陆地望去。

"小姐,小姐,快看,快看,那些海鸟真的飞回来了!"阿蓝指着大陆的方向,兴奋地蹦跳着,朝默娘挥手。

默娘蹲下身子,在一块巨石下拿起一点儿泥土,放在鼻尖闻了闻,说:"真好,这儿果然有淡水。"

"哎,阿蓝快下来,危险!这个岛上真的有淡水。"默娘喊道。

阿蓝回到默娘身旁,拉着默娘的手,两眼放光道:"小姐,真神了，您说，您是怎么给它们发号施令的？"

"阿蓝，我不是跟你说过了吗？万物都有灵性，海鸟也一样啊！只要咱们做的事是好事，是对百姓有益的事，海鸟们当然愿意帮忙啰。"默娘说道。

默娘的话让阿蓝又一次对她佩服得五体投地。

海鸟飞回来了，停在了菜岛上空，然后它们一起张开嘴巴，只见一团团黑色的泥巴就像倾盆大雨一样，从天上落了下来，一下子就把那些裸露的石头盖住了。扔下泥巴后，海鸟们再次转身，继续往陆地飞去。

阿蓝想起什么，问道："小姐，有了泥巴，有了淡水，又该种些什么呢？"

默娘想：是啊，该种些什么呢？身上没带什么花草种子啊！这可怎么办？默娘抬起手，搔了搔头。咦！有了。原来，默娘摸到了自己头上戴的菜籽花了。对，就它了。

于是，默娘摘下自己头上的菜籽花，口念咒语，然后用力往前一抛。那菜籽花飞向空中之后，突然越变越大，越变越多，无数色泽黑亮的种子就掉在海鸟们衔来的泥土上。

种下种子，就是种下希望啊！阿蓝急于回家把这件神奇的事情告诉老爷和夫人，于是拉着默娘下岛。可是，还没等她们登上宝船，一场蒙蒙细雨就从天而降了。

默娘抬起头，虔诚地说："谢谢老天爷，谢谢老天爷，有了这场雨，不消十日，这荒芜的菜岛必将绿意盎然。"

第六章 梳帆髻心许大海

海鸟衔泥之后,舍不得离去,竟飞到宝船前方,引领着宝船往大陆驶去。阿蓝已经记不得自己是第几次目瞪口呆了,反正今天的见闻足够她回到贤良港,跟左邻右舍的小伙伴儿说上一整天的了。

听完阿蓝的描述,林愿也暗暗称奇,他语重心长地对默娘说:"默娘啊!看来你确已练成大法,日后一定要好好发挥你的法力,为百姓造福才是啊!"

默娘欠身道:"是,默娘谨记阿爸教诲!"

"真是阿妈的好女儿!"王氏热泪盈眶,把默娘拥入怀中。

十几天之后,出海的渔民回来说,那荒无人烟的菜岛竟然长出了一丛一丛的菜籽花,远远望去,郁郁葱葱,漂亮极了。再后来,他们得知这一切都归功于心灵手巧的默娘,于是在心底更增添了一份对默娘的喜爱和敬重。从此,人们就把菜岛改名为"菜籽岛"。

在莆邑一带,菜籽花历来是百姓用来敬奉神佛的。此后,每逢初一、十五烧香敬神,莆邑百姓都要前往菜籽岛采集菜籽花。他们说,用默娘恩赐的菜籽花敬奉祖先、神佛,才更灵验,才能有求必应。

2

年关将近，湄洲岛家家户户开始准备过年的东西，上林村的年味也越来越浓了。这日清晨，林愿夫妇把儿子洪毅叫到了身边。

林愿说："洪毅啊，今年你十八岁了，成年了，也该成家立业了。你也知道，近年来，阿爸奔波海上，身体越来越不好了，你的武艺有所长进，学识也精进不少，日后当常随我出门。你小妹经常外出行医，还总往海上跑，你阿妈一人在家操劳，阿爸实在过意不去，所以……"

王氏示意洪毅坐下，喝了口水，说道："洪毅，阿爸阿妈为你寻了一位姑娘，是秀屿港陈大人之女。听说这女子秀外慧中，甚是贤惠。我和你阿爸商量了，过几日就把你俩的婚事办了，你看如何啊？"

洪毅听完，脸上羞红，点头道："阿爸阿妈，孩儿的终身大事，全凭二老做主。"

"好，好，那就好，那就好啊！"林愿爽朗地笑道。

很快，洪毅与秀屿港陈氏女子的婚事定下来了。人逢喜事精神爽，林家上下忙成了一团。林愿疼爱儿子，什么事情都要自己一一过问。王氏也一样，高兴地把五个出嫁了的女儿都召

第六章　梳帆髻心许大海

了回来，要给儿子和未来的儿媳妇赶制衣服和被子。

林家经济情况并不非常宽裕，林愿夫妇还常常慷慨解囊，周济穷人，湄洲湾的百姓都清楚。平时，默娘给人看病从来不收诊费，反而还搭进了不少钱。于是，善良的百姓听说林家公子要结婚了，纷纷带着钱物来到林家，表示要尽自己的一点微薄的力量。

默娘非常感动，她说："乡亲们，你们的心意默娘代阿哥领了。不过，大伙儿的日子都不好过，这些东西你们都拿回去吧，阿哥结婚之事我们自有打算。"见默娘态度坚决，乡亲们只好回去了。

这一切都被躲在屋里的林愿夫妇看在了眼里，他们相视一笑，赞许地点了点头。

纺纱、搓麻线、织布、刺绣……要干的活儿很多，王氏和五个已出嫁的女儿每天起早贪黑，披星戴月，尽管如此，还是进展缓慢。没办法，王氏只好让默娘也来帮忙。因为默娘自幼没有学过纺纱、织布，王氏便抱给她一堆苎麻，说："默娘，你帮阿妈把这三十斤苎麻搓成麻绳吧！动作要快，两天必须搓完。"

搓麻绳不算技术活儿，看一遍就会了。于是，默娘满口答应，抱着苎麻回房去了。可默娘并没有马上动手搓麻绳，仍然天天往外跑，不是给人看病，就是到海边查看天象，有时候还驾着宝船出海采药、捕鱼。

两天很快就过去了，王氏见默娘房里还是没有一点儿动静，心里想道：这孩子从小到大被我和她父亲惯坏了，很少帮助家里干活儿。明天早上她要是交不出麻绳来，我非好好批评批评她才是。

第三天一早，默娘端着一箩筐麻线来到了纺纱房，放在王氏面前，高兴地说："阿妈，您看，麻绳都搓好了。"

王氏捧起那些麻绳，看了又看，张口结舌道："默娘，这……这是怎么回事？你这两天成天往外跑，没见你搓麻绳啊，怎么一下……"

默娘笑了笑，神秘兮兮地说："嘿嘿，这可不能告诉您，天机不可泄露！"

五姐妹心里也很纳闷，想一探究竟。于是，大姐说："默娘，你动作这么快，要不剩下的几十斤苎麻，你也帮帮忙吧！"

默娘不知是计，也不推辞，把剩下的苎麻全都端走了。

当天晚上，五姐妹悄悄地埋伏在默娘房外，想看看她是怎么搓麻绳的。可是房里黑乎乎的，不见人影，也没有任何动静。五姐妹觉得奇怪，便猫着腰，在林家上下搜寻着默娘的身影。走了一圈，她们终于在牛圈里看到了默娘。

只见默娘把一箩筐的苎麻"哗啦"一声倒进了牛圈里。怎么回事？默娘拿苎麻喂牛？五姐妹屏住呼吸，不敢惊动默娘。

默娘凑到老牛耳边默念了一会儿，好像在跟老牛说话。接着，默娘来到老牛身后，轻轻地拍了拍牛背，就见牛屁股后面

第六章 梳帆髻心许大海

竟然拉出一根长长的、成形的麻绳来了。就这样，老牛嘴里不停地吃着苎麻，屁股后面不断地拉出麻绳，就像春蚕吐丝一样，实在是太神奇了！

不知是谁"啊"地叫了一声，那老牛受到惊吓，抬起头来，一脸惊恐地扫视四周，然后尾巴一甩，把麻绳扯断了。同时，默娘也发现了隐藏在不远处的五个姐姐。

秘密被发现了，默娘很是尴尬，连忙哀求各位姐姐千万不能声张。可世上没有不透风的墙，没过多久，这事儿就传了开来，人们对默娘更加崇拜、敬仰了。

麻绳搓完了，默娘还自告奋勇地要帮着纺纱、刺绣。王氏心疼小女儿，说："默娘，你的五个姐姐都是十三岁才开始学纺纱、刺绣，明年开春，阿妈正式教你做女红，好吗？"

"阿妈！俗话说，'没吃过猪肉，还没见过猪跑啊？'"默娘说，"这些年，默娘跟在阿妈和几位姐姐身边，无数次地看你们纺纱、织布、刺绣，早就烂熟于心啦！而且，默娘还跟杨先生学过画画啊！刺绣应该也不在话下的。"

一旁的阿蓝也说："是啊！夫人，咱家六小姐可聪明了，您就让她试试吧！再说了，还有我给她打下手啊！"

于是，王氏让默娘坐在了纺纱机前，开始手把手地教她纺纱。没想到，默娘果然聪明绝顶，王氏只教了一遍，她就能自己摇动纱轮。纱轮飞快地旋转起来了，一根根粗细均匀的线不断地从纺纱机上铺开来。

有了布匹，默娘又找来五色线，要为阿哥阿嫂绣被面。默娘知道阿哥是读书人，什么"喜鹊闹梅""鸳鸯戏水""凤求凰"之类的传统图案，他是看不上的，必须有创意，有新鲜感。

默娘找到阿哥洪毅，说："阿哥，您的新被面就由小妹来绣了。不过，您得自己设计图案才行。"

洪毅想了想，说："小妹，阿哥虽然成天跟着阿爸在海上奔波，可阿哥心里的真正想法，你会不知道吗？还是你来定吧！"

有了阿哥这句话，默娘心中就有数了。这天一大早，默娘便把自己关在房内，打开面朝大海的窗户，一会儿冥思苦想，一会儿低头作画，她要把大海绣在阿哥阿嫂的被面上，把阿哥的志向绣进他的梦里。

三天后，一幅刚绣好的被面在林家人面前徐徐展开，默娘笑嘻嘻地说："作品完成，请欣赏！"

被面绣的是湄洲湾的美景，那海面上水波粼粼，白帆点点，海鸟低飞，一名读书人打扮的男子气宇轩昂，面朝大海，手指前方。男子的右上角悬着一个金黄色的卷轴，那是圣旨，是喜报。

一边是美丽的故乡，一边是"金榜题名"的宏伟蓝图，默娘希望自己的阿哥不忘养育自己的湄洲湾，也不忘自己读书人的初心，要奋发图强，以天下为己任。

看着这幅凝结着小妹的心血和美好祝愿的被面，洪毅的眼眶充盈着泪水。他清了清嗓子，拉着默娘的手说："知我者，小妹也！小妹，阿哥谢谢你！"

默娘说："阿哥，您知道小妹的心就好，何谈谢字？天下大势，合久必分，分久必合。您看，北方大片国土业已归附大宋，不出五年，陈洪进也将献出泉、漳二州一十四县，届时，天下统一，闽地纳入大宋版图，重开科举，阿哥您一定有金榜题名之时。"

洪毅一听，连忙捂住了默娘的嘴巴。林愿也大惊失色，打断道："默娘，此话可不能乱说！小心……"

默娘掰开洪毅的手，笑了笑说："阿哥，阿爸，你们真以为默娘两耳不闻窗外事吗？我可关心国家大事呢！"

"就是啊！"阿蓝说，"老爷，公子，你们就拭目以待吧！小姐说的绝对不会错的！"

当然，林愿父子只当默娘说的是孩子话，不敢当真，国家大事岂是一渔家黄毛小丫头所能预测的？

3

农历腊月二十六，林家张灯结彩，鞭炮齐鸣，风风光光地迎娶秀屿港陈家女子。那陈氏女子不仅长得貌美如花，上得厅堂下得厨房，而且还十分孝顺。林愿夫妇看在眼里，喜在心上。

再说那陈氏早就耳闻小姑子才貌出众、神通广大，对她有十二分的好感。自从陈氏嫁入林家之后，默娘又多了一个伴，心中万般欢喜，总是缠着陈氏，阿嫂长阿嫂短，叫得亲热极了。陈氏也特别喜欢这个小姑子，老是拉着她的手，两人一起做女红，还让默娘给她讲出海的见闻。两人相处得很是融洽，家里总是传出两人的欢声笑语。

一天晚上，王氏长长地松了一口气，对丈夫说："老爷，如今洪毅娶得如此温良贤惠的妻子，我感到万分欣慰……"

林愿笑道："接下来，你是不是要给咱的小女儿寻觅好婆家啦？哈哈哈……"

"正是此意。咱家默娘过完年就十四岁了，也该寻个婆家了。如今，默娘不是忙于行医治病，就是忙着观天察海，整天不着家，这可不是过日子的样子，得尽早给她找个人家，好让她收收心才是……"

"行，此事还得请夫人多费心才是啊！"林愿拥着妻子说，"咱家默娘性子执拗，此事还得从长计议啊！"

真是一家有女百家求啊！何况是聪明漂亮、心地善良的林默娘？自从得知林家公子洪毅已婚配之后，贤良港周边的媒婆便蠢蠢欲动，要给默娘物色婆家了。以前，洪毅还没结婚，默娘总是有借口，说哥哥还没结婚，哪有妹妹先嫁的？现在好了，阿嫂已经娶进门了，默娘已经没有理由拒绝父母之命、媒妁之言了。

第六章　梳帆髻心许大海

自打王氏默许媒婆为女儿默娘说亲之后，到林家上门求亲的人便没断过，有时候一天来好几拨，都要把林家的门槛给踩破了。这些来求亲的人当中，不乏达官显贵家的公子，也不乏名商巨贾家的少爷。他们在媒婆的带领下，提着大包小包的金银首饰、绫罗绸缎高高兴兴地上门，还说只要默娘小姐同意婚事，他们绝不让默娘受累，安心在家当少奶奶就行。

林家门庭若市，默娘甚是苦恼，好几次想出门，都被客人堵在了大门口，只得由阿蓝打掩护，自己悄悄地从后面溜出去。有时候，王氏逮住她，非让她跟媒婆好好说说话，听听男方家的情况。

可是默娘的心思全在行医诊病、制服风浪、惩治海怪之上，从来没有想过要结婚。因此，她也曾不止一次地对王氏说，此生要长陪父母身边，只要莆邑还有瘟神横行，只要东海海怪不除，便绝不出嫁。

按理说，男大当婚女大当嫁，默娘也已十四岁了，到了婚配的年龄了，她又为何决意不嫁呢？在得赠铜符、宝镜和无字天书之前，默娘在湄洲岛海滩上目睹遇难船只残骸，并立下誓言：愿以三十年阳寿，换得制服风浪、海怪之本领。如果誓言真的成真，默娘想自己此生阳寿不会太长。明知自己阳寿不长，却还要婚配，到头来可能就会连累未来的夫家和孩子，这是默娘不愿意看到的。

可是，这样的话是不能对父母讲的，更无法向媒婆解释，怎么办呢?

默娘生病了，生了一场大病，在床上浑浑噩噩地躺了三天三夜。第四天早上，默娘早早起床，为自己打来一盆清水，洗头洗脸、梳头发。

默娘叫来阿蓝，让她马上把贤良港周边的媒婆全部请来，她要宣布一件大事。见小姐一脸严肃的样子，阿蓝不敢怠慢，连忙出门去了。

王氏见女儿好了，能起床了，心头悬着的一块大石头终于落地了。可是，她又见默娘不吃不喝也不说话，只是端坐梳妆镜前，一丝不苟地编织着头发，便觉得奇怪。女儿可从来没有把大把的时间花在梳妆打扮上啊，今天这是怎么了？想到这儿，王氏不禁又蹙起眉头，忧从中来。

中午时分，从各地赶来的媒婆挤挤挨挨地，站满了林家大院。没有人知道默娘要干什么，便纷纷伸长脖子，朝默娘的闺房望去。

过了好久好久，默娘的房门终于打开了，只见一袭红衣的默娘由丫鬟阿蓝搀着，款款来到众人面前。眼前的林家小姐默娘，让所有人都惊呆了，"漂亮""妩媚"等词语，在默娘小姐面前顿时失了颜色，只有天上的瑶池仙子、月里嫦娥才能勉强与之媲美了！

默娘的头发分为左、中、右三部分，中间高起，梳成一个螺髻，左右两边稍低，用别针、鱼骨针等别在脑后，还缠着几根红线，远远望去就像升起的船帆一样，好看极了。在场的人谁也没有见过这种发型，连忙一边啧啧称赞，一边向默娘讨教。

默娘来到人群中，微微颔首，说道："各位婶婶，各位阿姨，把大伙儿请到家里来，实在是于心不忍，一会儿，我让阿蓝教大伙儿梳头便是。"

正在屋里礼佛的王氏，听见院子里的动静，也走了出来，来到了默娘身边。默娘拉过王氏，继续说道："这些日子，大伙儿为了我的终身大事奔波劳累，默娘内疚不已……"

这时，一名高个儿的媒婆说："默娘小姐，您别不好意思，女人这辈子总得嫁人不是？就凭您这才华和容貌，别说什么富家公子了，就是进宫当皇后娘娘也是绰绰有余的。我们给您介绍的，您要是看不上，没关系，咱们接着给您寻觅就是。能为默娘小姐的终身大事尽点儿力，我们大伙儿都感到荣幸，是不是啊！"

"是啊，是啊，默娘小姐，您放心……"众人附和道。说实话，这的确是她们发自内心的想法，为默娘找婆家，是她们目前唯一能为默娘做的事情。

默娘摆了摆手，示意大伙儿安静，她说："谢谢大家的好意，谢谢！只是，默娘虽已长大，可是至今尚未为父母尽孝一丝一毫，默娘实在不愿意这个时候离开父母啊！再者，默娘得恩师恩宠，赐我宝物和医术，瘟神未除，风浪作祟，海怪横行，默娘岂能早早出嫁？"

闻听此言，院中鸦雀无声。

"各位再看，默娘今日梳起帆髻，以髻为帆，以针为锭，以线为缆，就是要以此明志。默娘此生心许大海，只要莆邑还有瘟神横行，只要海怪不除，便绝不出嫁……"默娘目光炯炯，话语斩钉截铁。

阿蓝再也忍不住了，呜呜呜地哭了起来："小姐，小姐，您这又是何苦啊？"

林默娘帆髻示志，一时在莆邑大地传为美谈，人们惊呼："真乃龙女转世啊！"此后千百年间，莆邑凡有女子出嫁，都要梳起帆髻，以示对妈祖林默娘的思念和景仰之情。

第七章

草护船神姑天降

1

劝退了说亲的媒婆之后,默娘便心无旁骛,可以一心钻研平风除怪之术了。

十六岁那年的端午过后,默娘的法术更上一层楼了,常常能静坐房内,神游天外,也能预测祸福,助人趋利避害了。

有一天早上,默娘和阿蓝正欲出门到湄洲岛观海,却见一个小伙子搀扶着一位老人家上门求医来了。默娘连忙把病人迎进门来,关切地询问起病情。原来那老者连日劳作,昨夜突然病倒,茶饭不思,全身乏力,早上起来又发觉双眼模糊,看东西总是影影绰绰的。老人的儿子不敢大意,连忙扶着父亲来到了林府。

默娘询问病情,又给老人把过脉后,说:"老人家,不用担心,您是操劳过度,火气太过旺盛。我这就给您拿药,您吃完三帖之后就没事儿了。"

老人家抖抖索索地站起来，朝默娘鞠躬道："菩萨心肠的六小姐，老朽谢谢您，谢谢您！"

"别，别，"默娘连忙扶老人坐下，"老人家，您别客气，您稍坐片刻，我去去就来。"

来到药房，默娘才发现缺了夏枯草和金银花，这两味中草药虽说不是特别金贵，却是治疗不少病症的必备药，得尽快补上才是。

默娘来到老人家面前，说："老人家，实在对不起，小女尚缺两味草药，你们父子在此稍候，我们现在就去采来。"

小伙子一听，连忙站起来说："默娘小姐，这可如何使得？您在家中歇着，您告诉我那草药是何模样，我去采便是了。"

默娘笑道："小哥，那倒不必，再说了，你也不知那草药该上哪儿去采啊！"

这时候，门外又来了几个人，也是来看病的，病人一副很痛苦的样子，看来是个急诊。默娘着急地问阿蓝："阿蓝，草木岛上的夏枯草和金银花，你还记得在什么地方吗？"

"记得，小姐！"阿蓝点头道。

"好，那这样，"阿蓝看了看那个小伙子，"小哥，麻烦您随阿蓝一道前往草木岛，采来所需药材，如何？"

"好啊！"小伙子高兴地说，"您这又有病人来了，千万别耽误了。您放心，我俩一定把药材采回来。"

第七章 草护船神姑天降

送走刚来的病人,时间已经过去一个时辰了。默娘抬眼往海边看了看,不见阿蓝和小伙子的踪影,不禁担心了起来。

默娘掐指一算,突然大惊失色,连忙对旁边的老者说:"老人家,您再等会儿,我到里屋去一下。"说完,默娘来到佛堂,关上门后在蒲团上安坐下来,双手合十,口中念念有词。约莫一刻钟后,默娘一边擦着额头上的汗水,一边走出佛堂,还大口大口地喘着粗气,看起来好像很累。

又等了约一个时辰,阿蓝和小伙子的身影才终于出现在了门口。

"小姐,药采回来了,采回来了!"阿蓝一进屋,把药篓子往地上一放,端起水杯咕咚咕咚地喝了起来。再看那小伙子,头上直冒冷汗,神色慌张,魂不附体。

"儿子,回来了?"老人家问道。

小伙子站着一动不动,好像没听见似的。

"小哥,老人家叫你呢!"阿蓝用手肘撞了一下小伙子。小伙子这才反应过来,连忙说:"阿爸,是,是啊,回来啦!说来您可能不相信,刚才我跟阿蓝小姐上岛采药时,差点就回不来了!"

"咯咯咯……"阿蓝忍不住笑了起来。默娘用力拍了她一下,她才止住笑声。

"回不来了?"老人家吓一跳,连忙上前,在儿子身上上下摸着,"怎么回事?你……你没事儿吧?"

小伙子说:"阿爸,刚才我在悬崖上采到了夏枯草,下来的时候,突然脚下一踩空,就直直地掉了下来。我闭上眼睛想,这下完了,从那么高的地方摔下去,不死也得残废了。可没想到的是,就在我快要落地的时候,突然好像有一股力量托着我的后背一样。我连忙胡乱挥动着双手,终于抓住了一根藤条,这才安全着地。"

"哎呀,真是老天保佑,老天保佑啊!"老人家听完,忙不迭地双手合十,不停地感谢。

"咯咯咯……咯咯……"阿蓝又忍不住笑了。

"阿蓝小姐,您……您这是……"老人家莫名其妙,不知道阿蓝笑什么。

这时,默娘到药房配药去了。她把父子俩拉到身边,小声地对他们说:"你们还真以为刚才是什么菩萨显灵吗?才不是呢!是我家默娘小姐出手相救的!"

"什么?是……是默娘小姐!她……"小伙子有点不敢相信。

阿蓝又问老人家:"老人家,我问您,我俩离开后,我家小姐是不是去了佛堂?"

老人家点头道:"是的,去了好一会儿。"

"这就对了,我家小姐算到你有危险,"阿蓝对小伙子说,"这才回到佛堂,分身到草木岛救你的。"

第七章 草护船神姑天降

"哎呀,您这一说好像还真是这样,默娘小姐从佛堂出来之后,我看她好像很疲惫啊!"老人家想了想,一脸惊愕地说。

"你们在说什么呢?"手上拿着药包的默娘立在后面,好奇地问。

只见那老人家拉着儿子,"扑通"一声,双双跪在了默娘脚边。老人家痛哭流涕道:"谢谢神姑救命之恩,谢谢神姑救命之恩。您……您救了我们父子俩啊!"

默娘马上就知道怎么回事了,于是一边搀起父子俩,一边嗔怪阿蓝:"阿蓝,你是不是又胡说些什么了?"

"小姐,我可没有胡说,这是千真万确的啊!"阿蓝不服气,嘟着嘴争辩道。

"神姑,您别责怪阿蓝小姐了!"小伙子说,"要不是您出手相救,我都不知道能不能回得来了。以后……以后我每天早晚都要烧香为您祷告,求菩萨保佑您长命百岁,平平安安!"

父子俩拿着药包,千恩万谢地走了。默娘狠狠地瞪了阿蓝一眼,怪她多嘴。阿蓝吐了吐舌头,呵呵呵地笑着。

2

莆邑大地行医之人越来越多,百姓"信巫不信医"的风气一扫而光。渐渐地,默娘便把主要精力放在了观天察海之上。

观天象，可知风浪与潮汐的变化；勘海情，可知海怪出没的规律。默娘始终把渔民的安危放在心上，不敢懈怠，她一直在心底告诫自己：时间就是生命，早日学好本领，便能多救几个渔民。

这天下午，默娘午休起床后，坐在镜子前梳妆打扮。忽然见旁边的宝镜金光一闪，一行隶书大字显现在上面："欲平海怪，必铸告杯。"默娘知道，这是恩师玄通法师在给自己指路呢！

那么，告杯又是什么呢？该怎么铸造呢？相传，告杯是人间与神佛通话的法器，人们要是有什么需要请神佛帮忙的，必须掷告杯。神佛根据实际情况，指点迷津。告杯一般为铁质，只要有模具，请打铁师傅铸一对即可。

得到神的旨意之后，默娘拉着阿蓝来到了一家打铁店。打铁师傅见来了客人，连忙堆起笑脸问道："两位小姑娘，要打什么啊？"

"麻烦师傅给我铸一对告杯。"默娘说。

"告杯？你有模具吗？"

默娘摇了摇头，说："没有。"

"没有模具怎么铸？真是瞎胡闹！去去去……"打铁师傅一听没有模具，只当是小孩子闹着玩儿的，便不耐烦地往外打发她们。

"哎，哎，师傅，您别推我啊！"默娘一边说着，一边伸出

第七章 草护船神姑天降

双手作出捧水状,"这……这就是我的模具。"

"手?开什么玩笑?去去去……"打铁师傅更加不耐烦了。

阿蓝也纳闷了,附在默娘耳边,悄声问道:"小姐,您不是开玩笑吧?铁水浇在您的手上,那还得了?不被烫残废了吗?"

默娘神秘地说:"阿蓝,这事儿能开玩笑吗?你放心,我说行就一定行!"

见默娘如此有信心,阿蓝心中有底了,只见她上前一步,对那打铁师傅说道:"师傅,您别小瞧人,您知道我家小姐是谁吗?"

"是谁啊?"

"我家小姐乃林都巡检之女林默娘,您不会连她的名字都没听过吧?"阿蓝仰起头,骄傲地说。

"哎呀,原来是神姑啊!失敬失敬!"打铁师傅连忙换了一副笑脸,恭恭敬敬地拱手道,"只是……只是您这双玉手,真能……真能当模具用?要是给您烫着了,小人我可担待不起啊!"

"师傅,您放心,尽管放心大胆地浇铸,没事儿的。即便真的烫伤了,小女也不会怪罪于您的。"默娘说。

打铁师傅还是不敢相信,他没法想象铁水浇铸在小姑娘手上的情形。阿蓝见打铁师傅犹豫不决,便说:"师傅,我家小姐本领大,您应该也听说了。而且,这告杯是用来沟通神灵、造福百姓的。这么光荣的任务,您不会拒绝吧?"

打铁师傅看了看阿蓝，又看了看默娘，终于下定决心："行！我铸。"说着，他转身来到火炉旁，往里投进几块废铁。

顷刻之后，打铁师傅舀起一勺红通通的铁水，火星四溅，直耀人眼。默娘近前，双手呈捧水状，缓缓地送上前去。打铁师傅盯着默娘那双白嫩如葱的玉手，哪里能忍心倒下铁水？

"师傅，放心吧，倒吧！"默娘示意打铁师傅倒铁水。

打铁师傅摇了摇头，闭着眼睛，果真将那一勺铁水倒在了默娘的双手之上。默娘双手捧着那铁水，不慌不忙，不动声色，只见她双手轻轻地往里面凹了凹，又腾出手指来慢慢地捏了捏。身边的阿蓝虽然早有心理准备，可待真切地看到这神奇的一幕时，她也惊得呆住了，倒吸一口凉气。

过了一会儿，默娘兴奋地说："好了！好了！"

打铁师傅连忙睁开眼睛，只见那两只告杯已经成型，默娘的双手也安然无恙。默娘收起告杯，放下几枚钱币，拉着呆呆的阿蓝走了。

回过神来的打铁师傅，连忙抓起钱币追了出去，大喊道："神姑，神姑，这钱小人可不能要啊！"可此时两位姑娘已经走远，只剩下那打铁师傅如木雕一样立在门口，自言自语道："神姑，真乃神姑啊！湄洲湾有如此奇女子守护，百姓之福，百姓之福啊！"

如今的妈祖庙里都有一对占卜用的月牙形告杯，或为木制，或为竹制，据说就是根据妈祖林默娘当年手捧铁水铸造而

第七章　草护船神姑天降

成的告杯仿制的。

有了这一对告杯，默娘便能随时请示神佛旨意，随时请求神佛指点，法力更是精进了不少。

自从听说湄洲湾贤良港出了一名能观天象、察海情的奇女子林默娘之后，过往的经商船只经过湄洲湾的时候，都会特意停下来，上岸向默娘打听最近的风浪情况，顺便做点生意。莆邑大地物华天宝、资源丰富，如莆田的荔枝、兴化的糯米和米粉、仙游的蔗糖都是物美价廉的。来到这儿的商人发现商机之后，便开始大量采购莆邑特产，源源不断地运往外地，换来白花花的银子。

于是，在短短几年之内，莆田的贤良港和秀屿港迅速崛起，舟楫穿梭，商贾云集，成了繁荣昌盛的大型港口。

不过，遗憾的是，在离"三支香"不远的地方，也就是湄洲岛西边，有一个出入湄洲湾的必经要冲，名叫"门夹"，即今天的"文甲"。那儿地形复杂，海中遍布暗礁，如果水手不熟悉航道，加上风浪险恶，往往容易发生船毁人亡的悲剧。

默娘常常站在门夹岸边，注视着来往船只，为他们引航。海上的人们一看到红衣默娘站在岸边，便像吃了定心丸一样，心里立马就踏实了。

3

端午节将近,默娘在家陪阿妈和阿嫂包粽子。午后,默娘忽觉一阵困意袭来,便趴在桌子上,一会儿便沉沉睡去。王氏见默娘如此乏累,不禁心生爱怜。阿嫂陈氏连忙进屋取来一块小毯子,给默娘披上。

可是,还没睡上两刻钟,便见默娘突然从梦中惊醒。陈氏吓一跳,上前问道:"小妹,你怎么了?做噩梦了吗?"

默娘连忙竖起食指,放在嘴边,示意阿嫂不要出声。原来,默娘在梦中隐约听见从海上传来呼救声。此刻,默娘再次竖起耳朵,认真倾听。没错,巨浪呼啸,里面还夹杂着人们的呼救声和哭声。

默娘大声喊道:"不好,海上有难!"说着,拔腿就往门夹方向奔去。

当默娘深一脚浅一脚地赶到门夹岸边时,只见远处的海面上一艘巨大的商船正在缓缓地下沉。船上的人在大呼"救命",哭声震天。商船附近的水上几颗脑袋浮浮沉沉,人们在拼命挣扎……

商船被礁石撞破,这个时候驾船引航,已经没有意义了。此时唯一的办法就是阻止商船继续下沉,救起水中人员,并安

第七章 草护船神姑天降

全护送上岸。忽然,默娘瞥见岸边有一丛蒲草,有主意了!

默娘拔起那丛蒲草,飞身跃上停靠在岸边的宝船,口中念着咒语。宝船得令,立马下海,如离弦的箭一般,飞速朝那失事的商船驶去。

几近崩溃的人们,见大海之上有一艘小舟快速驶来,船上立着一名身着红衣的年轻女子,仿佛从天而降,便纷纷呆住了。一会儿,有人大喊道:"看,快看,是湄洲神女林默娘来救咱们了!咱们……咱们有救啦!"这话无形中给了濒临绝望的人们以信心。

默娘行至商船附近,查看了一下商船的破损情况,然后扬起手,将手中的蒲草用力扔进了海中。顷刻之间,只见那些蒲草全部变成了一根根粗大的木桩,呼呼地靠近商船,并紧紧地夹住商船。有了大木桩的依托,商船终于不再下沉了。还有一些蒲草化成了小舟,漂在落水之人的身边,那些人便攀着小舟,回到了商船上。

默娘转身,驾着宝船离去。海风吹来,默娘红衣飘飘,不是仙女胜似仙女。商船上,人们欢呼雀跃,满含热泪地互相庆祝劫后余生。

后来,商船靠岸维修,那些支撑着商船的大木桩忽然又变成了一棵棵干枯的蒲草,随着海水漂走了。为了证实出手相救之女子到底是谁,商人们在岸上四处打听。贤良港百姓说:"还能有谁?除了我贤良港神姑林默娘,还有谁有如此善良之心地，有如此神奇之本领？"

晚上，商人们买上各种各样的礼品，来到林愿家，要当面感谢救命恩人默娘。默娘因海上救人耗费了大量体力，此时正在房内休息。林愿朝大伙儿拱手，说："各位乡亲，我是默娘的父亲，谢谢大家的好意！大家请回吧！这都是小女默娘该做的！以后行船，请加倍小心才是啊！"

为首的瘦高个儿商人一听，怎么也不愿走，他说："老爷，您就让我们在这儿等吧！默娘小姐救了我们的命，我们就是等到天亮也愿意等。如果不当面对默娘小姐说上一声'谢谢'，我们又如何能够心安呢！"说着，便直接在地上坐了下来。

于是，林家门口黑压压地坐着一大片人，商人们担心吵着默娘休息，一句话也不说，只是睁大眼睛，竖起耳朵。林愿夫妇见商人们如此有情有义，也不禁热泪直流。

阿蓝知道有这么多人在门口静等默娘小姐，要是自己不把她叫醒，将来肯定得落埋怨。于是，阿蓝趁林愿夫妇不注意，偷偷溜进小姐的闺房，把默娘叫醒了。

默娘大惊，连忙一跃而起，来到门口。见大伙儿忍着寒冷的海风，静静地坐在大门外，默娘的泪水"哗"一下就涌出来了。她连忙奔了过去，拉起一位老者，哭着说："罪过，罪过！默娘如何承受得起啊！大伙儿快起来，快起来……"

见默娘终于出来了，商人们高兴地站了起来，把默娘围在了中间，七嘴八舌地说着感谢的话。默娘什么话也没说，只是频频鞠躬致意。

商人们带来的礼物，默娘一一拒绝了，她说："大伙儿的心意，默娘心领了。只是你们千里跋涉，历经无数艰难困苦，每一枚钱币上都沾满了汗水，默娘实不敢受啊！你们拿回去吧！"

一句话说得在场的人又一次满眼泪水。这就是可亲可敬的神姑啊，这就是人们景仰爱戴的渔家女默娘啊！

休息几日之后，商船再度扬帆南下，跟着他们一起远播海外的，还有湄洲湾神姑林默娘护船的感人故事。

类似的故事，在湄洲湾上发生过无数次。每一次，默娘都着一袭红衣，驾着宝船，劈风斩浪地来到身处困境的人们中间；每一次，人们都惊呼"龙女降临"，又看着默娘飘然而去；每一次，人们都把默娘的恩德记在心底，然后转身远去……

还有一次，几十个从北方来的农民驾着几艘渔船南下，就在途经湄洲湾外的海域时，突然遭到狂风暴雨袭击，渔船被打得粉碎。幸得默娘及时带人救援，才各自捡回了一条命。被救的农民们跪在林家大门前，一边感谢着默娘的救命之恩，一边因想起自己一无所有、前途渺茫，而失声痛哭起来。

默娘忍着悲痛，把人们搀起，又转身请阿爸为农民们的生计想想办法。林愿捐出家中所有库存的木头，为受难的北方农民重新打造了几条坚实的大船。王氏拿出刚织好的布匹，为他们每人做了一身新衣服。默娘想，这些农民没有土地，没有房屋，要是留在贤良港，迟早也会饿死、冻死。于是，她想起了孤悬海外的澎湖列岛，那儿是个好渔场，岛上还可以种庄稼，只要吃得了苦，日子一定会越过越好的。而且，有了善良的百姓在此扎根繁衍，海盗们也就不敢随便出没了。

　　默娘的想法得到了大家的一致响应。后来，林愿和默娘亲自率领船队，护送着那批北方农民平安抵达澎湖列岛，为他们开启了新的生活。

第八章

心有灵父兄遇险

1

林默娘博览群书,也曾多次拜莆邑大儒为师,学习先贤典籍。只是,对于天文气象、海洋潮汐等知识,默娘总觉得学习得还不够。而在当时,这方面的书籍少之又少,默娘有心学习钻研,却不可得。

有一天,默娘于梦中见到了恩师玄通法师。玄通法师对默娘说:"林氏默娘,多日不见,你的法力已精进不少,为师甚是欣慰啊。"

默娘连忙跪拜,说:"师父,弟子惭愧,至今尚未参透海天之奥秘,尚未习得降妖除怪之神通,还请师父指点迷津。"

玄通法师点了点头,说:"不着急,不着急。请记住,在湄洲岛南边的海岸上,有一座书库,那里藏着无数世间奇书。你如有坚强毅力,读遍那些奇书,便能拥有通天之本领。只是,那些奇书你读完即止,不可带走,更不可将书中奥妙告知他人。如让坏人窥得其中精妙，必贻害无穷！切记！切记！"

"谢谢师父，弟子谨遵旨意！"

第二天，默娘早早起床，独自一人驾着宝船，登上了湄洲岛，找到了玄通法师说的那座书库。只见那儿的海滩上有一座褐黄色的石林，石林中层层叠叠地放置着许多书本。

默娘大喜，连忙捧起书本，聚精会神地读了起来。每读完一本，默娘都按玄通法师的指示，把书本放回原处。时间过得飞快，不知不觉便日落西山了。默娘站起身来，揉了揉眼睛，舒展舒展筋骨。等她回过头去，看看那些已读过的书时，却惊愕地发现那些书都变成了一块块巨石，整整齐齐地竖立在海边。

半个月里，默娘每天都早出晚归地静坐在湄洲岛海边，静静地研读奇书。后来，那些奇书都变成了巨石，井井有条地矗立在那儿，栉风沐雨，无言地诉说着默娘心系天下、勤奋苦读的感人故事。如今，"妈祖书库"早已成为湄洲岛上的一处景观，吸引着无数游客前往观光。传说，风雨中的"妈祖书库"还在静静地等待着它们的下一位读者，等待有缘之人、心里装着天下苍生的人，再一次翻阅它们。

盼望着，盼望着，林愿和洪毅终于巡海回来了。默娘高兴地拉着阿爸和阿哥的手，叽叽喳喳地问个不停。

洪毅见过家人之后，对默娘说："小妹，上面又给阿爸添了一艘官船，加派了十几名水手，要求阿爸加强巡逻，打击海盗和走私活动。这些日子，我和阿爸都很忙，你阿嫂又有孕在

第八章　心有灵父兄遇险

身，家里的事你得多担待点才是啊！"

"是吗？阿爸，您年事已高，外出巡海可得多注意身体啊！"默娘听说阿爸肩上的担子又重了，不禁为阿爸的身体感到担忧。

"默娘，无妨无妨，阿爸的身体还不错！"林愿笑着说。

"嗯，你们放心，家里一切都好，我会照顾好阿妈和阿嫂的。"默娘说着，调皮地看着阿妈和阿嫂。

"这次回家能住几天啊？"王氏问。

"阿妈，我们明日就得走了，得到福清湾走一遭。这次一走，大概十天之后回来，接下来就得检修官船，操练水兵了。"洪毅说。

"啊，刚回家又得走啊？"默娘听阿爸和阿哥只住一夜就要走，一脸失望地说。

吃过晚饭，一家人正在堂屋闲聊，忽然从屋外刮来一阵怪风，把屋里的蜡烛全都吹灭了。陈氏重新点燃蜡烛，众人却见默娘紧锁眉头，脸色很是难看。

王氏不禁关切道："默娘，你怎么了，哪里不舒服吗？"

默娘摇了摇头，心事重重地说："这风好生奇怪啊，来得蹊跷，我……我总觉得不对劲！"

"小妹，你多虑了，"洪毅起身来到天井，抬头看了看繁星闪烁的夜空，又看了看远处黑暗中的海面，"我们住在海边，海风吹灭了蜡烛，不是很正常吗？再看这风，是南风，有了风助，我们明日北上，会更加顺利才是啊！"

默娘也说不上为什么，却总觉得心里怪怪的。王氏见夜已深，丈夫和儿子明日还得早起出海，便让大家回房休息。

一整个晚上，默娘都心神不宁，辗转反侧，无法入睡，甚至还不断冒冷汗。默娘急了，起身来到佛堂，烧香点烛，默念佛经。

第二天一早，默娘洗漱完毕后，来到了贤良港码头。此时，太阳已从东边的海平面上冉冉升起，海面上风平浪静，低鸣的海鸟擦着水面来回盘旋，一切如旧，并无半点异常。可默娘不敢大意，抬起头仔细地看着天空中的朵朵云彩，以及它们一丝一毫的变化。

君命难违，重任在身，不敢懈怠。吃过早饭，林愿父子在乡亲们的簇拥之下，来到了码头，准备登船北上。

洪毅见默娘呆呆地伫立在海滩上，便笑了笑，朝默娘喊道："小妹，快回去吧！我和阿爸这就要北上了。你瞧这海上无风无浪的，天气大好，此去福清湾必将一帆风顺！"

默娘回过头来，看着阿爸阿哥，却始终无法舒展眉头。其实，默娘已经看出了天空中的异样，那些云彩不是一团一团的，而是呈现出奇怪的条纹，这是以前从未见过的。而且，刚才还惬意地飞翔着的海鸟，这会儿竟绕着"三支香"盘旋之后，凄惨地叫了几声，朝西边飞去了。

林愿父子已登上官船，阿蓝拉了拉默娘的衣服，示意她说几句吉祥的话，可默娘犹豫了好一会儿，如鲠在喉，什么话也说不出来。阿蓝只好朝官船挥了挥手，大声道："老爷，公子，一路顺风，小姐在家等着你们平安归来。"

船队乘风破浪，浩浩荡荡北去，很快就消失在了海平面上。默娘却发现就在船队消失的地方，突然出现了一团很诡异的阴影，于是心里更增添了一缕担忧。

2

为了不让王氏担心，林愿父子北上之后，默娘便待在家中纺纱织布，陪阿妈和阿嫂说说话。不过，细心的阿嫂还是发现默娘有心事，她知道小姑了担心什么，于是宽慰道："小妹，你就放心吧！我看这天气好得很，一时半会儿不会有什么大的变化。再说了，这么多年阿爸和你阿哥也是见识过不少风浪的，即便有什么变化，他们人多，官船又坚固，相信一定能应对的。"

王氏也说："是啊，默娘，你阿爸、阿哥这次巡海时间不长，很快就会回来的。这些日子，你也别到处跑了，就在家陪陪我们吧！"

默娘听了，强装出一丝笑意，点头道："是，阿妈！"

可是，刚在家待了一天，默娘就闲不住了。默娘观天察海,发现湄洲岛东边的海域有异常,于是默娘趁着阿妈和阿嫂午休,叫上王福和阿蓝,驾着宝船往东边去了。

来到东海,只见海面上空乌云密布,怪风呼号,海鸟哀鸣,胡乱飞舞,场面混乱,叫人不寒而栗。

王福说:"小姐,这里经常发生海难,传说海底住着两个海怪,一为顺风耳,一为千里眼。这两个海怪神通广大,无恶不作。看如今这样子,它们又……又要出来害人了。"

默娘点了点头,道:"大胆海怪,默娘一定要降服它们,让它们再也不能为害东海。"

正说着,空中响起一声炸雷,随即划出两道闪电,把黑压压的天空撕开了几道口子。过了一会儿,狂风裹挟着大雨,迎面打来。海面很快蒙在了一层厚厚的雨雾之中,前方白茫茫一片,什么也看不见。

阿蓝着急了,朝默娘大喊道:"小姐,危险,咱们快回去吧!"

宝船随即掉头,只见风雨突然为宝船让出一条道来,两旁大雨如注,中间却风和日丽。阿蓝和王福见了,不禁暗暗称奇。

回家后,默娘立在闺房的窗边,朝着遥远的北方望去。此时,海风已经转了个方向,从南风变成了东风,这雨也下得离奇,毫无征兆地铺天盖地而来,不给人任何喘息的机会。阿爸和阿哥怎么样了?进入福清湾了没有?他们的船队遇上什么麻烦了没有?所有的一切都不得而知,默娘心里越想越乱,为了

第八章 心有灵父兄遇险

平息心头的烦闷,只好一人来到了纺纱房,手执纺锤,脚踏纺纱机,开始忙活了起来。

突如其来的大雨也惊醒了午休的王氏婆媳,两人互相搀扶着,挨个房间寻找默娘。等她俩来到纺纱房窗外时,眼前的一幕把婆媳俩惊呆了:只见默娘伏在纺纱机的桌子上,双手紧紧地抓着纺锤,好像睡着了。片刻后,默娘突然双脚用力一蹬,一齐踩在了纺纱机的踏板上,一只脚踩在左边,另一只脚踩在右边,看起来像在用力,要把两只脚往一处拉似的。由于用力过猛,默娘浑身上下不停地发抖,手上的纺锤眼看就要掉落在地了……

这是怎么回事?王氏一愣,连忙推开房门,来到默娘身边,推了推默娘,喊道:"默娘,默娘,你怎么了?快醒醒!快醒醒!"

默娘被王氏用力一推,猛然惊醒,手中的纺锤落地,双脚一松,差点从椅子上摔下来。陈氏见默娘满头大汗,问道:"小妹,你怎么了?怎么在这儿睡着了?做噩梦了吗?"

默娘抬起头,见是阿妈、阿嫂,便突然放声大哭道:"阿妈,阿嫂,我……我正在救阿爸和阿哥啊!巡海船队遇上风浪,船全部被掀翻,现在阿爸还有得救,可是……可是阿哥已经……已经遇难了!"

"什么?你……默娘,别胡说!"王氏一听,心头一震,犹如五雷轰顶,差点晕倒在地。

陈氏不信，哭道："不！不可能……默娘，这……这不可能！"

默娘连忙扶着王氏，流泪道："阿妈、阿嫂，刚才我伏在桌子上，梦见阿爸和阿哥的船队在风雨中前行，他们两人分别驾驶着一艘官船。我……我见情势危急，要把两艘船拉到一块，对抗风浪。可是……可是你们把我推醒了，现在阿哥的船被风浪吞噬了，阿爸还抱着桅杆，在海面上沉浮。呜呜呜……"

王氏忽觉天旋地转，往后一倒，晕死过去了。陈氏大喊一声："夫君啊！"也摇摇晃晃地倒在了地上。

"阿妈、阿嫂，快醒醒，快醒醒！"默娘一边哭喊，一边摇动着王氏婆媳俩。闻声赶来的王福和阿蓝，把婆媳俩扶起，让她们平躺在床上。

过了一会儿，婆媳俩睁开了眼睛，默娘对王福和阿蓝说："你俩守在家里，照顾好阿妈和阿嫂，我……我去救阿爸！"

王氏伸出手，想要阻止，却说不出话来。王福上前拦住默娘，说："小姐，现在风大雨大，如何出海？您……您可不能再出事了啊！"可默娘已夺门而出，王福和阿蓝想要跟出去，却被门外的疾风劲雨给挡了回来。

贤良港狂风咆哮，恶浪滔天，几艘小船停在岸边，忽然被狂风高高卷起，又重重地摔下，码头上一片狼藉。雨雾中，默娘的一袭红衣，格外显眼。只见她如一根木桩一样，立在宝船之上，张开双臂，宝船被抛上潮头浪尖，顷刻便隐在滔滔海水之中。

3

一切都如默娘所言。福清湾南边，年老体弱的都巡检大人林愿，死死地抱着一根木头，随着巨浪一会儿被抛至半空，一会儿又摔下浪底。眼睁睁地看着儿子在自己眼皮子底下被巨浪吞噬，林愿的心在滴血，那可是他唯一的儿子，是林家的血脉啊！林愿想：我林家几世为官，从未贪赃枉法、鱼肉百姓，我儿更是温厚敦良、勤勉谦让，老天却如此不公，要置我林家于死地……

想着想着，林愿渐感体力不支，挣扎多时之后，只好闭上眼睛，听天由命了！就在此时，林愿忽听得耳边传来一熟悉的女子之声："阿爸，阿爸，我是默娘，我是默娘啊，您在哪儿？您在哪儿？"

这不是默娘吗？林愿心头一震，连忙睁开眼睛，抱紧木头，朝远处望去。只见前方巨浪之间，一红衣女子驾着一叶扁舟，直直地朝这儿驶来。是的，是的，是我的女儿默娘，是她来救我了！林愿松了一口气，又忽然呛了一口海水，便什么也不记得了。

等再次睁开双眼时，林愿发现自己躺在了自家床上，旁边站着默娘、哭成了泪人的妻子王氏和儿媳妇陈氏,以及闻讯赶来的父老乡亲。

"默娘,我……"林愿欲起身,却被默娘按住了肩膀。默娘说:"阿爸,女儿什么都知道了,您好好躺着吧!"

林愿的泪水滚滚而下:"默娘,阿爸无用,阿爸无用啊!你阿哥和那船上的兵卒,他们都……"

"阿爸,您放心,阿哥的事女儿知道了,女儿……女儿一定,"默娘哽咽道,"一定把阿哥的遗体找回来。"

林愿痛苦地摇了摇头,问道:"孩子,你……你是怎么知道我和你阿哥遇险的?"

"阿爸,都是菩萨告诉我的……我正在午休,忽然做了一个梦,梦见您和阿哥在风浪中挣扎……"

王氏上前,颤抖着说:"都怪我,都怪我,要不是我弄醒了女儿……呜呜呜……"

"好了,阿妈,别说了!"默娘抱着王氏,"女儿现在就去,去把阿哥的遗体找回来!"

屋里的乡亲们哪里肯依?默娘才刚刚冒险救回都巡检大人,又要再去冒一次险?况且要在茫茫大海之上找到一具遗体,无异于大海捞针啊!乡亲们纷纷出言相劝,怎么也不肯让默娘出门。林愿挣扎着起身,说:"孩子,听阿爸的话,你要是再有个什么三长两短,让阿爸阿妈还怎么活啊?就是真要找你阿哥,也该等这风雨过去了再说啊!"

第八章 心有灵父兄遇险

默娘看着一屋子热切的目光，只好按下心头的悲痛，含泪转身回到林愿榻前。

第二天下午，风雨渐渐弱了，太阳也出来了。默娘迫不及待地奔到码头，只见海面上停着十几艘渔船，他们要跟着默娘出海，打捞林家公子洪毅的遗体。默娘心头一热，说："各位乡亲，风雨刚歇，海上变化无常，默娘谢谢各位的好意，只是默娘实在不忍心让你们跟着我去冒险啊！"

一位年长的渔夫说："默娘小姐，林家对我们贤良港百姓恩重如山，如今林公子生死未卜，我等要是在家闲坐，如何对得起自己的良心？小姐，您就让我们跟着去吧！"

"是啊，默娘小姐，咱们快出发吧！"渔民们附和道。

默娘无奈点头，强忍悲痛，脚踩宝船，一马当先，朝着东边去了。几十艘渔船紧紧跟在默娘的宝船后面，到了东海之后，便四散开来，分头寻找洪毅公子。

默娘告诉大伙儿，阿哥洪毅的遗体就在东边海面离岸不到十里的地方。大家闻言，连忙缩小了搜索范围，瞪大着眼睛，不肯放过任何线索。不过，半天过去了，大家还是一无所获。

午后，海面上突然泛起阵阵浪花，随后传来"哗啦啦"的水声。人们定睛一看，不好了，原来是一群鲨鱼游过来了。鲨鱼凶猛嗜血，不仅能轻而易举地顶翻渔船，还经常分食落水的渔民。

阿蓝吓得面无血色，叫道："小姐，小姐，鲨鱼来了，怎么办?怎么办?"

默娘想到的不是自己的安危,而是阿哥,她担心鲨鱼已经吃掉了阿哥的遗体。默娘正欲上前,却见那十几条鲨鱼已经把自己和乡亲们团团围住了。

"大家莫慌,莫慌!鲨鱼好像有话要说,且让我听听……"默娘示意大家不要慌张,不要作声。一会儿,鲨鱼群安静了下来,在四周轻轻地抖动着尾巴。默娘蹲下,伸手摸了摸宝船旁边的鲨鱼,嘴里嘀咕着什么。

片刻之后,默娘站起身来,脸上有泪水滑落。再看那海面上,几条大鲨鱼渐渐浮起,一个黑色的身影慢慢地显现了出来。"啊!是洪毅公子的遗体。"大伙儿惊呼道。只见洪毅公子面容安详,衣衫齐整,由鲨鱼托着,静静地浮在水面之上。原来,这群鲨鱼是来归还洪毅公子遗体的!

几名渔民见状,连忙划动小船,小心翼翼地捞起洪毅公子的遗体。鲨鱼群朝着默娘齐齐地磕了三个头,然后转身游走了。事后,人们每次说起鲨鱼送还洪毅遗体的事,都感到不可思议。他们想:只有真正的良善人家,只有真正为民谋福利的人,才能如此感动天地!

几天之后,怀着万分悲痛的心情,林愿强撑病体,领着家人,把爱子洪毅葬在了贤良港西北侧的山坡上。林愿立在坟前,老泪纵横地说道:"我可怜的孩子啊,在这儿你还能天天看到家人,能天天看到大海……"

第八章 心有灵父兄遇险

老年丧子，对林愿来说，打击巨大，令其一夜之间白了头，看起来就像老了十几岁一样。默娘心疼阿爸，一连给泉州府写了三份辞呈，请求批准阿爸告老还乡，可那信件如石沉大海，杳无音信。无奈，林愿只得撑着年迈的身体，继续在海上巡逻。

半年之后，陈氏诞下一名男婴。可怜的娃娃，一来到这个世上，就成了没有父亲的孩子。默娘抱着哭闹的侄儿，泪如雨下，她在心里暗暗发誓：就是吃尽人间苦头，我也要帮着阿嫂，把孩子抚养成人。

一年之后，正值大宋太平兴国三年，即公元978年，陈洪进看清形势，北上东京，觐见宋帝赵光义，并纳表称臣，献出泉、漳二州一十四县。从此，泉、漳二州终于结束了漫长的动荡分裂局面，正式纳入大宋版图。只是，默娘的阿哥林洪毅永远也看不到这一天了，他再也不可能通过科举考试金榜题名，为朝廷、为百姓贡献自己的智慧和力量了。每每思及阿哥，想起阿哥壮志未酬身先死，默娘总是以泪洗面，悲不能已。

第九章

战风浪焚屋引航

1

对于默娘来说,自己此生执着钻研观天察海之术,以拯救万民于海上为己任。可是,如今连最亲近的阿哥都救不了。因此,与阿爸林愿一样,阿哥林洪毅的遇难,让默娘久久无法接受。

眼见女儿日渐消瘦,王氏看在眼里,急在心上。林愿深知女儿的个性,担心默娘沉沦于此,无法自拔,便想让她到外面去散散心。夫妻俩商量一番之后,把默娘和阿蓝叫到了身边。

林愿拿出一串钥匙,对默娘说:"孩子,阿爸阿妈一直没跟你说,其实咱们林家在湄洲岛上还有一座古厝。这是钥匙,你拿着!"

默娘不知父母什么意思,小心地接过钥匙,问道:"阿爸,给我钥匙干吗?"

王氏流着泪道:"孩子,你阿哥走了,阿爸阿妈怕你伤心过

第九章 战风浪焚屋引航

度,一直待在家里会憋坏,所以,明日让王福带着你,到湄洲岛的古厝住段时间吧!"

"古厝虽然很久没人住了,但王福每隔一段时间都会去打扫打扫,倒也干净。"林愿说。

"阿爸阿妈,我不去,"默娘想把钥匙还给阿爸,"这个时候离开你们,叫我于心何忍?而且阿嫂行动不便,也需要有人照顾……"

王氏打断道:"好了,不要再说了,就这样吧!我们会照顾好自己的。湄洲岛离家不远,你要是想家了,随时回来。明儿就走吧,阿妈已经替你收拾好衣物了。"

林愿叮嘱阿蓝:"阿蓝,你与默娘自小情同姐妹,感情很好,有你照顾她,我们老两口也放心。"

"老爷、夫人,请你们放心!阿蓝一定照顾好小姐!"阿蓝说,"你们在家也一定要多加保重!"

看着阿爸阿妈蹒跚离开的背影,默娘的泪水在眼眶里打转。一个年轻生命的突然逝去,白发人送黑发人,对于一个家庭来说,是多么沉重的打击。默娘想,我要尽自己最大的努力,让世间少一些这样的悲剧。

次日,默娘由王福和阿蓝陪着,渡海登上了湄洲岛。听说林默娘到岛上来了,湄洲岛百姓奔走相告,欢天喜地,纷纷拥到码头迎接。百姓簇拥着默娘,来到了湄峰上的林家古厝。默娘发现古厝保护得很好,一点儿败落的样子都没有。其实,即便王福不来打扫，湄洲岛百姓也不会眼看着林家古厝颓圮倒塌。都巡检大人林愿广施恩德于莆邑，湄洲岛百姓更是屡屡受惠，为林家守护古厝当然是义不容辞。

站在古厝前的石坪上眺望，浩瀚无边的东海一览无余，默娘尘封的心扉终于慢慢地打开了。在这里，默娘可以静下心来，总结自己观天察海的经验：夜观星斗，可测算船只在海上的位置；看云卷云舒，可预测天气阴晴；观浪听潮，可断风向、风力、风时；听虫鸣鸟唱，可知其中蕴含的自然信息。天、云、海、浪、风、鸟……不可等闲视之。在默娘眼里，眼前的一切都是气象和海情的预报器。它们一丝一毫的变化都会给大海和渔民带来福音或灾难。在这里，默娘一看就是一整天、一整夜，她要把海天看穿，要把天海万物装在心里，把渔民的生死安危装在心里。

湄洲岛渔民曾经听说，贤良港渔民每次出海，都要先问问默娘海上会不会有风浪，风浪几时到来。刚开始，湄洲岛渔民并不完全信任默娘，有人想：要是说林大人的千金有治病救人的能耐，我倒是相信。可说她能预测风浪，这我不信，风浪起息乃上天的安排，岂是她一介女流能算得出来的？因此，在很长一段时间里，湄洲岛渔民仍然我行我素，仅凭自己那可怜的一点点经验，决定是否出海打鱼以及返航时间。

重阳节那天早上，默娘与阿蓝来到湄洲岛海滩散心。秋天，慵懒的阳光洒下，给海滩穿上了一件金色的外衣，海面上

第九章 战风浪焚屋引航

凉风拂来，令人心旷神怡。忽然，海面聚集起一大群海鸟，在默娘和阿蓝的头上盘旋几圈之后，鸣叫着朝湄峰飞去。蔚蓝的天空中，点缀着几朵白云，并无其他异常。可是，默娘凝视许久之后，眉头拧成了一个结。

这时，十几个渔民驾着渔船要出海。默娘连忙上前拦住他们，劝道："乡亲们，今日不宜出海，午后会有暴雨狂风，渔船恐难招架！"

一位名叫王翔的渔民抬头看了看天，笑着说："默娘小姐，感谢您的好意，今天是重阳节，出海的人少，我们正想趁这个机会多打点鱼呢！放心吧，我看这天与平时没什么两样，好得很呢！"

随行的其他渔民也不相信默娘的话，纷纷拉起帆布，准备出海。默娘拉住一位老者，这个人她认识，前几天才刚给他孙子看过病，默娘说："王老伯，您一定得相信我，未时三刻海上就会起风，而且风来得很快，根本不给人反应的机会。如果你们执意要出海，请记住午时一到，马上就得返航。"

本来王老伯准备听默娘的话，回家去的，现在听说午时返航即可，便高兴地说："默娘小姐，您放心，我一定让大伙儿按您说的，午时一到就返航。"

默娘这才放下心来，目送渔民们远航。

吃过午饭，默娘不放心，又走下湄峰，来到海滩上，等待渔民返航。可是，直到午时三刻，默娘才隐约看见遥远的海平线上闪现出一条渔船的影子。不对啊，不是让他们一块儿回来的吗？难道只有王老伯一条渔船返航？默娘一下子就慌了神。

那渔船靠岸了，果然不出所料，王老伯尴尬地望着默娘，说："默娘小姐，老朽无能啊，他们……他们不听我的，说是今日收获颇丰，非得等日落之后再回来。"

"哎呀，他们怎么这么固执呢？现在海上马上就要起风了，这……这可如何是好啊！"阿蓝急得直跺脚。

"好了，别再说了，救人要紧，"默娘说，"阿蓝，速速随我出海去吧！"

"是，小姐！"

王老伯正懊恼间，两位姑娘已跳上宝船，急急地朝东海驰去。

2

刚刚还好好的天空，一下子就变了脸，天空风起云涌，海面波浪滔天。刚开始，王翔等人还不慌不忙地收起渔网，掉转船头，准备返回陆地。可是，转眼的工夫，天空便完全暗了下来，瓢泼大雨倾泻而下，连东南西北都分不清楚了。伸手不见五指的大海之上，单薄的小船就像一片片树叶一样，只能随波逐流了。

这时候,王翔才突然想起默娘的话来,看来这丫头还真有两下子,只怪自己太自负了,要是听她的话午时返航,何来此等局面?想到这儿,王翔在船上跪了下来,不断地磕头忏悔:"神姑默娘,老朽有眼不识泰山,有眼不识泰山啊……"

四周哭成了一片,有人甚至高声呼喊:"神姑救命啊,神姑救命啊!"

真是天无绝人之路啊!就在众人绝望之时,茫茫黑幕之中,突然闪过一道红光,一名红衣女子驾着一叶小舟飞驰而来,小船前端还有一绿衣女子手中高擎着一盏红灯笼。那红灯笼在狂风骤雨中耀眼明亮,照得方圆五丈内的水域亮如白昼。众人诧异,只听那红衣女子道:"乡亲们莫慌,随我来!"

多么熟悉的身影,多么熟悉的声音,是神姑默娘,没错,果然是神姑默娘来了。来不及多想,众人在红灯笼的指引下,迅速掉头,紧紧跟在那小舟后面。

回到陆地,王翔不顾体面与否,"扑通"一声就跪了下来,不停地给默娘磕头:"神姑,老朽糊涂,糊涂啊!要不是您慈悲为怀,伸手相助,我等……我等早已葬身鱼腹了啊!"

海滩上又哭成了一片,这是获得新生之后的高兴的泪水,也是感念默娘恩德的感激的泪水。

此后,就是天气再好,再有经验的渔民,出海前也总要询问默娘一番。只要默娘不让出海,就是明知今天能捞到金元宝,他们也不会踏入大海半步。

海上行船,一看驾驶技术,二看天气状况,三看治安状况,除此之外,还有一条不可忽略,那就是船主或掌舵人的身体状况。对于海上经商的人来说,船主们每次出海时间都比较长,船上各种条件都比较简陋,离大陆又远,所以船主或掌舵人的身体一定不能出现大的变故,否则不仅会影响航程和生意,甚至还可能因得不到及时的医治而丢了性命。

默娘医术高明,不仅能根据病人的病情对症下药,还能根据人的脸色、身形、动作、语言等预测病情,甚至发病时间,令人佩服不已,惊为天人。

荔枝是莆田名果之一,闻名海内外。每年端午节前后是其成熟期,各地水果商纷至沓来。莆邑各码头熙熙攘攘,热闹非凡。在湄峰古厝长住的第二年端午节,莆田水果商李君义来到林家古厝,给默娘送来了刚刚采摘的新鲜荔枝。

李君义囤积了一船荔枝,准备近日运往广州港,特来向默娘请教海上的天气吉凶。

默娘问:"李叔,这一船荔枝有多少?"

"二百八十担。"

"够多的啊!"

"是的,默娘小姐!荔枝运到广州港后,可就地分销,亦可趸给南洋水果商。此去广州路途遥远,量少便划不来呀……"李君义解释道。

默娘点了点头,又说:"近日海上偶有风浪,但影响不大,

第九章 战风浪焚屋引航

李叔大可放心远航。"

李君义一听,高兴极了,正欲转身离去,默娘拉住他,欲言又止道:"李叔,海上虽无事,不过……"

李君义疑惑,问道:"不过什么?默娘小姐,您有话直说!"

"是这样的,"默娘思忖片刻,"海上风浪虽无大碍,可是小女见您脸色有异,恐有隐疾,五日之内可能会发作,您看……要不过几日再出海?"

李君义拍了拍自己的胸脯,信心满满地说:"默娘小姐,谢谢您的好意,我的身体棒着呢!您放心吧!"

"李叔,您……"默娘不知如何是好,"那……与您一道出海的掌舵人是谁?"

"哦,是秀屿港的赵大海。"李君义抛下一句话,匆匆走了。

次日,李君义满载一船荔枝,扬帆南下。商船一路顺风顺水,李君义心情格外舒畅。

第三日傍晚,商船来到闽粤交界处的海域,忽然海上风云突变,海潮涌动,云雾弥漫,刮起了南风。商船逆风而行,很是吃力。李君义一惊,连忙奔到船头察看风浪,这商船负荷很重,吃水极深,船舷离海面仅约二尺,涌起的海浪轻而易举地便扑上船舱来了。

李君义慌了。海水是咸的,荔枝是甜的,要是荔枝被海水浸泡了,不仅会变味,甚至还会迅速腐烂。船上的人见状,纷纷抱来被褥、木板等,挡在船舷边上。可是,海水无孔不入,不到一顿饭的工夫，就有好几袋荔枝泡在了海水中。要是这样发展下去，荔枝全被海水打湿，还没等到达广州港，自己就得赔个精光。

想到这儿，李君义急得团团转，又觉胸口堵得慌，额头上渗出豆大的汗珠，然后重重地摔倒在甲板上，翻起了白眼。掌舵的赵大海连忙扶起李君义，在他的胸口上来回地摩挲着。

太阳下山前，风浪停止了，一切如初，人们长长地舒了一口气。李君义缓缓地睁开双眼，连忙抓住赵大海的手，焦急地问道："大海，情况如何了？"

"放心吧，风浪停了，只有三袋荔枝被海水打湿了，一会儿拿淡水洗洗晾干即可，不会有大损失的！来，快吃药吧！"赵大海转身端来一碗冒着热气的黄色汤药。

李君义终于放下心来，接过汤药，看了看，奇怪地问："大海，这……这是哪儿来的？咱们船上没有备药啊！"

赵大海笑了笑，说："默娘小姐神机妙算，她知道您这几日会发病，便来到我家，塞给我几包草药，发病后让我熬好给您服下。默娘小姐说了，只需每日一服，到了广州这病自然就好了！"

李君义闻言，忽觉鼻头一酸，两行清泪滚滚而下。"神姑，神姑啊！"李君义一边低头喝药，一边慨叹道。

3

一支来自北方的船队,缓缓驶入湄洲湾贤良港,准备在此补给之后,继续南下。贤良港渔民劝为首的黄老板先请教一下林默娘。

黄老板诧异道:"林默娘?何许人也?"

"林默娘乃贤良港一奇女子,不仅能妙手回春,治病救人,还能仰观天象,预测风浪,而且从未错过。您要继续南行,还是先去问问她吧!"

黄老板对此嗤之以鼻:"笑话,一女流之辈能有多大能耐?再说了,我等也是经历过风浪之人,在这海上摸爬滚打几十年了,难道还不如一弱女子?"

正说着话,默娘飘然而至。

默娘对黄老板鞠了一躬,道:"这位老伯,此时天气尚好,然夜幕降临之后,海上必起台风,为东海五十年之所未见。望老伯听小女一言,在贤良港稍事停歇,待后天风停雨歇之后再启程不迟。"

黄老板上下端详了默娘一番,发现她与普通渔家女子并无二致,便笑道:"这位小姐,谢谢您的好意!可商机难得,稍纵即逝,在此耽误一天,就可能与高额利润失之交臂啊!何况我的船队也有精通气象海情之人，船上水手亦久经考验，不劳姑娘挂念了……"

默娘深知，如果是湄洲湾渔民，她就是得罪人，也要拉住他们，阻止他们出海。可是，对于外地商人，她只能极力劝说。如今，黄老板执意要南下，就算自己磨破了嘴皮子，也难以说服他们。于是，默娘说："老伯，如您一定要南下，请记住，风雨中不要惊慌，我会想办法为你引航。"

黄老板根本没把默娘的话当一回事，哈哈大笑之后，便命令水手起锚。

默娘的预测再一次成真。天刚刚黑，东海之上便迅速聚起强大的东南风，狂吼着一路横扫而来。湄洲湾渔民连忙关门闭户，躲在家里，心惊肉跳地听着屋外鬼哭狼嚎般的台风。有人说：活了大半辈子了，从未见过这么凶猛的台风，想是海上又有妖怪作祟。

而此时，黄老板的船队刚离开湄洲湾不久，还能隐约看见湄峰的轮廓。狂风暴雨骤起，如泰山压顶一般，肆意蹂躏着黄老板的船队。黑暗中，一个又一个巨浪扑上船来，击倒桅杆，拍打甲板。海风席卷而来，直吹得船舷呼呼作响，好像顷刻之间就要散架了一样。黄老板抱着一根柱子，顾不上心疼满船的货物，当务之急是保命。这时他才想起湄洲湾林默娘的话来，看来这女子所言不虚，这场台风的确是自己此生所见最强烈的。

风雨还在肆虐，恶浪还在逞凶，几艘小船被风浪打得稀巴烂,落水之人已无生还可能。风声雨声裹挟着人们的哭喊声,在黑暗中传得很远很远,就像来自地狱一样,听来叫人脊背发凉。

还有三艘大船尚未沉没,水手们紧紧地把着舵,正在想办法靠岸。可是海面上混沌一片,船已不知掉头几次了,他们就像瞎子一样,哪里还能分清哪儿是大陆,哪儿是大海?一旦认错方向,往大海深处驶去,不仅救不了自己的性命,反而会加快覆灭的速度。黄老板肠子都悔青了,当初要是听了林默娘的话,留下来过夜,又怎么会……唉,可世上哪有后悔药啊?还是闭上眼睛等死吧!

正在湄峰古厝吃饭的默娘已隐约感知到起台风了。"不好,黄老板他们遭遇强台风了。"默娘放下筷子,担心道。

"小姐,那些人不听您的劝告,执意要冒险,都是他们咎由自取。"阿蓝不满地说。

"阿蓝,他们毕竟是外地人嘛!"默娘说,"不管怎么说,还是得想办法救人啊!"

阿蓝说:"小姐,天都这么黑了,海上漆黑一团,怎么救?再说了,这场台风可是五十年一遇啊,我……我是担心您……"

"是啊!说实在的,我也没有十足的把握!"默娘的脸上笼罩着一层阴云,"时间不等人,要是海上的船队找不到方向,误入大海深处,那情况就更糟了。"

"那怎么办?"阿蓝也着急。

"走！"默娘起身，拉起阿蓝来到了屋外。

黑暗中，默娘目测出了船队的位置，又回头望了望古厝。片刻后，她咬牙道："阿蓝，点火！"

"点火？点什么火？"阿蓝不理解，傻傻地看着默娘。

"点火，把古厝烧了，给迷路的船队引航！"默娘斩钉截铁道。

"小姐，这……这，"阿蓝一听，慌了，"您得三思啊！这可是林家祖宅，要是烧了，您……您怎么向老爷和夫人交代？"

"管不了那么多了，救人要紧！"默娘不由分说，转身点起火把，用力抛上了古厝的屋顶。阿蓝见状，只好忍着泪水，默默地点燃火把。

转眼之间，古厝被熊熊大火包围，冲天而起的火焰与雨水抗争着。火光映红了默娘那坚毅的脸庞，阿蓝却早已满脸泪水。为了拯救素不相识的人们，小姐可以不惜牺牲自家财产，此等胸襟和魄力，非一般男子所能及，能不惊天地泣鬼神？

话说那绝望中的黄老板，又忽然想起了默娘的临别忠告：如遇台风，不要惊慌，我会想办法为你引航。对，对，默娘是说过这样的话，她……她是不会丢下我们不管的。黄老板又来了精神，睁大双眼朝四周远眺。

"火光，看，大陆有火光，是……肯定是神姑在为我们引航啊！"黄老板发现了湄峰上的火光，就像落水之人抓住了一根稻草一样，失声吼叫道，"快，兄弟们，速速掉头，朝着那火光前进……"

　　黄老板等人来不及感谢默娘，连忙使出吃奶的力气，一边与风浪搏击，一边驾驶着行将散架的商船，朝火光处奋力划去。

第十章

惩县吏默娘求雨

1

有了火光的指引,黄老板等人虽历尽千辛万苦,最后还是平安地把商船驶进了湄洲湾,停靠在了贤良港,化险为夷。与死神擦肩而过的黄老板等人彻夜未眠,他们坐在船上,双眼饱含热泪地望着湄峰上的火光,直到火光一点点地熄灭。

好不容易挨到天亮,黄老板立马率领众人,来到了湄峰之巅。看着一地的断壁残垣,还在冒着青烟的木头,看着披着蓑衣席地安睡的默娘小姐,黄老板再也控制不住内心的激动,号啕大哭了起来。

哭声惊醒了默娘,她揉着惺忪睡眼,发现是黄老板,连忙起身上前问道:"黄老伯,你们都还好吧?"

"好,好,好,"黄老板屈膝,要给默娘跪下,"感谢神姑的大恩大德,只怪老朽糊涂,竟将神姑的话当成了耳旁风,还害得神姑烧了自己的宅子。老朽有罪,老朽有罪啊!"

第十章 惩县吏默娘求雨

默娘双手扶住黄老板，一脸轻松地说："黄老伯言重了，只要能成功把你们带回陆地，房子烧了就烧了嘛！再造一座便是。"

"是的，是的，再造，再造一座。"黄老板擦了擦泪水，双手伸进兜里，掏出两个金锭，要塞给默娘，"神姑，这……这是我们一点小小的心意，您千万得收下。"

默娘见了，连忙挡住递来的金锭，红着脸说："不，不，黄老伯，您误会了，误会了！我……我不是这个意思！"

"神姑，您要是不愿意收下，老朽……老朽还有何脸面面对莆邑百姓？"

两人正推让间，便见一群乡亲正往山顶走来。那些人中，有的扛着木头，有的挑着瓦片，有的背着工具……原来，得知默娘小姐为了救人，昨晚放火烧了自家古厝，乡亲们为默娘小姐的精神所感动，一大早便自发带着材料，给她重建新房来了。

"阿蓝，快招呼乡亲们！"默娘吩咐道，又对黄老板说："黄老伯，快收起来吧！有乡亲们帮忙，这房子一会儿就盖好了。"

乡亲们来到一片狼藉的林家古厝旁，也不言语，也不寒暄，低着头便热火朝天地忙碌起来。中午时分，一座新房便重新屹立在了湄峰之巅。

乡亲们收拾好工具，准备下山，默娘拿出一包散碎银子，要分发给乡亲们。她说："各位父老乡亲，谢谢你们鼎力相助。这是小女的一点儿心意，你们拿着买壶酒吃！"黄老板见了，又想掏出刚才的金锭，被默娘阻止了。

一名满头白发的老者说："默娘小姐，您要这样可就折煞老朽了。这钱我们要是拿了，乡亲们会戳我们的脊梁骨的，快收起来吧！"默娘知道这是乡亲们的心里话，便不好再推让，只得点点头，收起了银子。

看着这温馨动人的一面，黄老板等人再次热泪盈眶。黄老板惊叹道："大义啊！莆邑乡民大义啊！怪不得这个地方能出神姑……"

黄老板等人离开了湄洲湾，也把默娘焚屋引航的故事带到了五湖四海。世人为莆邑百姓之大义所感动，认为莆邑不仅物产丰富，那儿的人更是真诚善良，到那儿做生意准没错。因此，莆田湄洲湾声名远播，到莆田来做生意的人比以前更多了。

时间如梭，转眼间，林默娘已二十一岁了。莆田的地方官也换了一茬又一茬，有的官员为人清廉正派，爱民如子；有的官员却贪污受贿，鱼肉百姓。对于官声好的，百姓感恩戴德，奉若青天。可是，对于贪官污吏，他们虽背地里恨得咬牙切齿，却有冤无处申，敢怒不敢言。就像这个到任不久的莆田县令崔久，表面上一副正人君子的模样，背地里却不知干了多少伤天害理之事。

这一年的夏天，湄洲湾突遭暴雨，一夜之间，莆田大地成了一片泽国。风雨洪水中，无数百姓无家可归，流离失所，县令崔久却躲在深宅大院里喝酒听曲，醉生梦死，仿佛门外的人

第十章 惩县吏默娘求雨

间疾苦与其无关一样。

大灾之后必有大疫。果不其然，洪水退去之后，一场大瘟疫在莆田大地迅速蔓延开来。县令崔久家也未能幸免，包括他自己在内，全家十二口，全部染上了瘟疫。疫情严重，默娘联合莆田所有郎中，一个村子一个村子地走，拯救万民。半个月下来，疫情得到了有效的控制，默娘却累坏了，整个人瘦了一圈，叫人看着心疼。

这场瘟疫中没有人为此而发财，也没有人再装神弄鬼，耽误患者病情。默娘感到由衷的欣慰，百姓更是交口称赞，称默娘是万民的"守护神"。

奇怪的是，县令崔久一家也吃了不少郎中开的中药，可病情只是稍缓而已，始终未能痊愈。崔久很是纳闷，郎中也找不出其中缘由。于是，师爷杜正新向崔久进言，说贤良港有位神姑，能药到病除，其他郎中看不了的病，只有她能化解。

崔久听闻，马上叫来几名衙役，要他们速速将那林默娘找来给家人看病。杜正新连忙说："大人，大人，那神姑非一般世间女子，如要得到她的帮助，您得拿出诚心来。所以，还请大人屈尊至贤良港林家，亲自请神姑来才是。"

那崔久一听要自己亲自上门，便有点不高兴了，但是想到一家人还躺在病床上呻吟，便只得忍着，道："行，那本县令就亲自去一趟，把那女子请来便是。"

第二天，崔久坐着官轿，前有衙役鸣锣开道，后有师爷压阵，一行人浩浩荡荡地往贤良港上林村进发。崔久心想：即便是有求于人，咱也得摆足了父母官的架子，不可让小民看扁。

2

崔久这阵势，乡亲们很少见过。因此，早早地就有村民飞奔来告诉林家，说县令崔大人往这儿来了。林愿是懂礼数之人，得知县令要来，便让阿蓝备下上等好茶，然后带领家人静立门前等待。

来到林家门前，崔久下得轿来，见林愿一家已在门前列队迎接，心里便得意起来。只见他装模作样地朝林愿躬身作揖，道："都巡检大人，下官叨扰来了！"

林愿回礼道："哪里哪里，父母官大驾光临，蓬荜生辉啊！"说着，便将崔久迎进了门。

一番寒暄过后，林愿问道："不知道崔大人光临寒舍，有何指教？"

崔久低头呷了一口好茶，慢悠悠地说："林大人，听说令爱默娘小姐宅心仁厚，乐善好施，更是杏林妙手，能解瘟疫？"

"大人您过奖了，小女也只是粗通医理而已。"林愿谦虚道。

"林大人，不瞒您说，下官一家也染上了这瘟疫，也吃过不少中药，却始终不见好转。所以，这才登门拜访，请令千金前

第十章 惩县吏默娘求雨

往寒舍诊断一番,诊金好说!"

默娘早就看不惯崔久这副做派了,只见她突然站了出来,大声说道:"崔大人,恕民女莽撞,大人一家之所以久病不愈,是因为您家里有不干净的东西。如不除净这些东西,瘟神是不会走的。"

崔久大惊,脸色一变,问道:"想必这位女子便是鼎鼎大名的神姑默娘小姐了?"

"不敢!"默娘冷冷地说。

"崔大人,小女信口雌黄,您可别当真。其实,小女医术与其他郎中相比,并无多少精妙之处,如莆邑郎中无法解除您及家人的病痛,还请大人万万不可耽误病情,应往福州、泉州一带寻觅良医,方为上策啊!"林愿道。

"不,阿爸,"默娘说,"我是认真的!崔大人家中的脏东西要是不清除了,就是华佗再世、扁鹊重生,也绝无良策。"

"胡闹,真是胡闹!"林愿生气道。

"啊!"见默娘一脸严肃,崔久不敢不信,"谢谢默娘小姐指点迷津,下官这就回去,请人除掉那不干净的东西。下官……下官来日再登门致谢!"

崔久急匆匆地走了,连轿子都不坐了。许久,林愿父女互相看了看,哈哈大笑起来。林愿知道女儿口中的"脏东西"所指何物,也知道默娘是故意当场给那贪官难堪的。

王氏一脸茫然地看着林愿父女,好奇地问道:"默娘,那崔久家真有脏东西?"

默娘知道母亲担心,便安慰她道:"阿妈,哪有什么脏东西啊!崔久家人的病情,女儿也曾有所耳闻,只是比一般人家严重一些罢了,女儿有办法治愈。不过,他崔久搜刮民脂民膏,横行乡里,女儿想趁此机会好好治治他。"

可是王氏胆小,害怕崔久记恨林家。王氏紧紧地拉着默娘的手,说:"女儿,你可得悠着点啊,千万别太过分了。那崔久要是反应过来,公报私仇,咱可如何是好啊?"

默娘抚着王氏的肩膀,道:"阿妈,这贪官目无王法,中饱私囊,不给他点教训,苦的不还是咱们老百姓?您和阿爸一直教育女儿,要女儿以天下苍生为计,如今正是惩治那贪官的好机会,女儿岂能轻易放过?"

"是啊,夫人!"林愿也安慰道,"你就放心吧!女儿也不是小孩子了,自有分寸。再者说了,说不定这贪官经此一遭之后,还能幡然醒悟,回头是岸呢!哈哈哈……"

再说那贪官崔久回家后,立马派人找来了销声匿迹已久的神汉神婆,命令他们务必找出他家"不干净"的东西并消灭了。神汉神婆不敢怠慢,连忙设下神坛。

一阵咿咿呀呀、手舞足蹈之后,神汉神婆满头大汗地停了下来,毕恭毕敬地对崔久说:"崔大人,脏东西已除净!"

"好,好!"崔久喜笑颜开,丢下几个碎银子,便回屋睡觉去了。

第十章 惩县吏默娘求雨

可是，一连好几天过去了，崔久一家人还是老样子，病情不见任何好转。崔久不死心，又找来几个神汉神婆，在家里继续折腾。结果还是一样，家人还是起不了床，吃不下饭，一副病恹恹的样子。

这天下午，崔久火了，指着一旁瑟瑟发抖的神汉，大骂道："你们是干什么吃的？不是神汉吗？怎么这点事儿都办不好？还有那什么狗屁神姑，我看就是浪得虚名。"

其实那些所谓的"神汉""神婆"，早就不干这行了，之所以到崔府来装神弄鬼，也是迫于崔久的淫威。如今，崔久竟然口出狂言，辱骂神姑，平日里受默娘恩惠不少的"神汉"，连忙道："大人，神姑默娘小姐辱骂不得。到您府上来之前，神姑有话让小人转告于您。"

"哼，什么话？"崔久怒气未消。

"神姑让小人转告您，妖魔鬼怪是看不见的脏东西，可还有些脏东西是看得见的，比如不该您得的您得了，不该您拿的您拿了……"

"滚，滚……"崔久听出了话外之音，连忙把那"神汉"赶出了家门。

冷静下来的崔久，认真地想了想：是的，那些贪赃枉法得来的不义之财，不也是"脏东西"吗？林默娘这是用话点我啊！可是，要我崔久把吃进肚子里的东西再吐出来，这……这不是难为人吗？

崔久的老婆得知后,指着崔久的鼻子骂道:"好啊,你这个爱财不爱命的东西,为了点儿钱你不顾一家人的性命了?"见崔久不说话,她又压低声音道:"笨死了,这点儿钱你且散去,只要人还在、官还在,还愁什么?这点儿钱用不了几年时间,不就又捞回来了吗?"

真是一语点醒梦中人啊!崔久一拍大腿,眉开眼笑,当即决定打开小金库,千金散尽,赈济灾民。

第二天,崔久拿出贪污所得的全部钱财,在县衙门口支起两口大锅,一口熬粥,一口煎药,免费赠送给灾民。还别说,五日之后,崔家上下十二口人竟然痊愈了。崔久不禁暗自称奇,对林默娘刮目相看。

不过,他心里憋着一口气呢!让他拿出那么多的钱来,无异于用刀子割他的肉啊!崔久想:一定得找个机会,好好地整治整治这个女子,灭灭她的威风!莆田县,只有我崔久才是老大,才配得万民之爱戴!

3

说来也奇怪,这年莆田祸不单行,大涝、大疫之后,又来了大旱。从农历七月初一开始,一直到八月中旬,贤良港一带滴雨未下,大地晒得像龟壳一样。水井干枯了,百姓吃水得到

第十章 惩县吏默娘求雨

深山去挑。农作物晒死了,连山上的树木也蔫头耷脑的,没有一点精气神。

老百姓苦不堪言,纷纷来到龙门庙求雨。可老百姓的诚心没能打动龙王爷,天还是一点儿要下雨的意思都没有。平民百姓求不来雨,便有人想是不是该请县太爷出马啊?县太爷家不缺水喝,可他不能眼睁睁地看着老百姓渴死啊!

看着可怜巴巴的百姓,奸诈的崔久眼珠子一转,计上心来:嘿嘿,老天爷给我送来一个整治林默娘的机会。老子给你一个表现的机会,要是你求不来雨,老子非拿你是问!

这回,不等师爷建议,崔久便来到了上林村林家。崔久不敢提及上次治瘟疫的事儿,一见到林愿,便直截了当地说:"林大人,下官又来打扰了,请神姑默娘小姐施法求雨,解万民之渴啊!"

林愿道:"崔大人,小女虽有些雕虫小技,可施法求雨这等大事,小女从未试过,恐怕得让大人失望了。"

"莫要推辞,莫要推辞啊,林大人!"崔久皮笑肉不笑地说,"令爱神通广大,我看求雨这事非她莫属啊!"

默娘知道崔久是故意为难自己,其实她也早已有亲自求雨的想法,现在崔久找上门来,不能让他看扁了。而且自从上次治好瘟疫之后,崔久不仅没有好好反省,反而变本加厉地祸害老百姓,得再敲打敲打他才是。

于是,默娘上前道:"崔大人,承蒙大人不嫌弃,小女愿意一试。不过……"

"不过什么?"崔久大喜,"默娘小姐有什么要求尽管提,只要我能做到的,一定尽量满足。"

"大人,上天降旱灾于莆田,是因本地官民触犯了天规。如大人有心为民请命,请大人随小女一道求雨,诚心忏悔,方能迎来甘霖……"默娘盯着崔久道。

崔久的心思被默娘看穿了,脸唰一下就红了。不过,他很快便镇定下来,大言不惭道:"默娘小姐,下官虽无经天纬地之才,但为官一任,造福一方,从不敢贪赃枉法,置百姓生计于不顾。如有不当之处,下官愿意忏悔并改正。请默娘小姐赐教!"

"好!大人,请您回府之后,斋戒三天,第四天午时于县衙门前设坛,与小女一道向上天求雨。如蒙天恩,巳时二刻便有雨来。"

"如天不降雨,如何处治?"崔久暗暗咬牙道。

默娘平静地说:"如不能兑现,小女任凭崔大人处治。"

"好!果然是女中豪杰!"崔久朝默娘竖起大拇指。默娘想:哼,这才是你要的话吧!

送走崔久,一家人又开始为默娘担心了,尤其是王氏,一遍又一遍地问默娘:"孩子,你可有把握?"

默娘说:"放心吧,女儿心里有数,否则也不会与那狗官许下此等誓言!"

第四天上午,默娘带着阿蓝登上了湄峰之巅,开始设坛。

第十章 惩县吏默娘求雨

那崔久虽然不相信默娘的话，但也斋戒三日后，沐浴更衣，于县衙门前设下神坛，准备与默娘遥相呼应，一道求雨。一时之间，闻讯赶来的百姓，把湄峰下和县衙大门围了个水泄不通。

默娘着一袭红衣，立于湄峰之巅，手执铜符、宝镜和无字天书，一会儿念念有词，一会儿跪下磕头。崔久则端坐神坛之前，优哉游哉地闭目养神，只等巳时二刻一到，便派人前往湄洲岛拿人。

时间一分一秒地过去了，可依旧骄阳似火，不见半片云彩，连一丝风也没有。崔久头顶烈日，被晒得大汗淋漓，正欲起身，却忽听耳边传来一个声音："崔久，你为官半生，从未想过为百姓谋福祉，只想着搜刮民脂民膏，难道你要将这莆邑大地也刮上三尺带回家不成？如你一再执迷不悟，不思悔改，则革职法办、人头落地之日不远矣！"崔久猛然睁开眼睛，那声音却又不见了。他晃了晃脑袋，不断地提醒自己：没事没事，这是幻听，幻听！

崔久耐着性子又坐了一会儿，眼看巳时二刻已到，崔久怒不可遏，深感被默娘戏耍。于是，转身喝令左右："来人啊，给我速速赶往湄洲岛，捉拿装神弄鬼的妖女林默娘，不得有误！"

"得令！"衙役们不敢耽误，连忙找来枷锁、兵器，准备赶往湄洲岛。

没想到，还没等他们迈出衙门，就听天上突然响起一声惊雷，一阵狂风扫过之后，天迅速暗了下来，接着便是倾盆大雨。湄峰下和县衙前的百姓，见默娘果然为大伙儿求来了甘霖，刚开始还不敢相信自己的眼睛，好一会儿才兴奋得手舞足蹈，在大雨里狂奔、高歌。

瓢泼大雨把神坛前的崔久浇成了落汤鸡，浇了个透心凉，也把他的良心彻底唤醒了。刚才耳边响起的话，好像是林默娘的声音，又好像是上天的警告。想想自己这大半生，不知从什么时候开始，便一头钻进了钱眼儿里，不顾百姓死活，有负朝廷重托，更有辱自己当初的雄心壮志。想到这儿，崔久脱下上衣，来到百姓中间，与众人一起狂欢，迎接上天的恩典。

大雨整整下了一天一夜，莆邑大地喝饱了水，庄稼又活过来了，百姓欢欣鼓舞。三天后，崔久亲自带着一群百姓，敲锣打鼓，扛着一块上书"有求必应"四个鎏金大字的木匾，徒步来到了上林村，要好好地感谢神姑默娘。

默娘谢绝了大家的好意，让大伙儿把木匾带回去。其实，不管默娘接不接受这块木匾，她在莆邑百姓心目中的地位永远都是至高无上的。人群里，默娘微笑着朝崔久点了点头，可崔久不敢正视她的目光，惭愧地低下了头。

后来，崔久把那块木匾带回了县衙，放在了公堂之上。他想：就让这块匾陪着我吧！见到它，我便能想起自己不堪回首的过去，便能掐灭心中邪念的火苗，时刻提醒自己要做一个好官，要真正地为百姓办点实事、好事。

第十一章

征海盗为民请命

1

大宋太平兴国五年,即公元980年,朝廷置兴化军,下辖莆田、仙游和兴化三县。此时的都巡检林愿已年近古稀,垂垂老矣,无论是身体还是精力,都已无法承担海上奔波征剿之重任。无奈之下,朝廷只得准许其告老还乡,另外任命新的都巡检。

回到家中,老太爷林愿倒是过上了几天安稳平静的日子。王福年纪大了,年初便回了老家,不再来了。平时,除了看看书、舞舞剑,教孙子文涛读书之外,林老太爷还伺候着一园的花草,倒也修身养性,怡然自得。林愿很满足,有老妻相伴,有孙儿绕膝,有贤惠的儿媳,有懂事的女儿,虽然还有不少遗憾,却也足慰平生。

得知自己的冤家对头解甲归田了,东海之上的海盗便又蠢蠢欲动。不到一年时间,他们又纠集起几十名亡命之徒,盘踞在澎湖列岛上，不时骚扰打劫打此经过的商船。其中，实力最强大的，当属绰号"海象"的海盗头子。新来的都巡检是一个白面书生，对海事一无所知，只会纸上谈兵，从未出海剿过海盗。于是，以"海象"为首的盗贼们更加肆无忌惮，甚至还流窜到大陆，比如到晋江一带杀人越货、奸淫妇女。

刚刚平静了一段时间的泉州湾，再次陷入了恐慌之中。外来商船听说泉州水路有海盗出没，便再也不愿前往泉州湾做生意了。赫赫有名的东方大港，随即也萧条了。泉州知州无计可施，只得亲自登门，请林愿再次出山，统领水兵征剿"海象"等盗贼。

"居庙堂之高则忧其民，处江湖之远则忧其君。"虽然脱了一身征衣，然而心怀赤子之心的林愿从来没有放下国家大事，从来没有抛弃沿海百姓。不时从海上传来的种种噩耗，让这位深居简出的老将一次又一次地扼腕叹息。这日，泉州知州登门拜访，林愿心中的热血再次沸腾，满口答应重新披挂上阵，不克海盗誓不还乡。

王氏刚刚放下的心，又一次悬了起来。她知道自己劝阻不了夫君，嘴上只好说："老爷，既已解甲归田，又何必答应那知州？你这一走，我又不知要担心到什么时候！"

"夫人，我虽已归隐，然而吃了大半辈子的朝廷俸禄，如今海疆不宁，我岂能坐视不理？"林愿道，"你且放心，我就在后方运筹，前方拼杀自有年轻后生，不会有事的！"

第十一章 征海盗为民请命

默娘从屏风后闪了出来，道："阿妈，您就别担心了，不是还有女儿我吗？"

王氏一惊，道："默娘，别逗能！这是去打仗呢！"

"阿妈，女儿已测过吉凶，阿爸此番出海征剿海盗，必能大获全胜，全歼顽敌。女儿是想陪在阿爸身边，与他说说话，给他出谋划策啊！"

林愿点了点头，对默娘说："这倒是个不错的主意，你能观天察海，能预测风浪，有你在阿爸身边，阿爸更是如虎添翼、所向披靡啊！"

"不行，不行，默娘自小未曾学过兵戎之术，出海征剿海盗，那是真刀真枪的拼杀，万一有个好歹……"王氏说什么也不肯让女儿去冒险。

"好啦，阿妈，您就安坐在家中等待我们父女凯旋吧！到了军中，自有将士保护我，不会有什么危险的！"默娘耐心地安慰道。

每次争辩王氏都争不过，这次也一样。默娘执意要出海剿匪，林愿又大力支持，王氏便只能答应，并在心底安慰自己：夫君年事已高，有女儿在身边护卫，至少能有个照应，随她去吧！只望上天垂怜，保佑父女俩尽快凯旋。

临行前，王氏还偷偷叮嘱阿蓝一定要看好老太爷和小姐，万万不可让他俩太过冒险。陈氏拉着儿子文涛，让他给阿蓝姑姑磕头，请阿蓝姑姑一定要照顾好爷爷和默娘姑姑。

阿蓝泪眼婆娑，跪倒在王氏和陈氏身前，磕头道："太夫人、少夫人，林家待阿蓝如亲女儿，此等恩情比天高、比海深，阿蓝就是肝脑涂地，也要保老太爷和小姐无虞。"

婆媳俩频频点头，泪如雨下。

很快，"海象"派往大陆的探子得到情报后，将原都巡检林愿重新披挂上阵的消息带回了"海象"的老巢。"海象"大吃一惊，连忙命令手下不可轻举妄动，更不能主动出击，只需扼守险要，与官兵打"持久战"即可。

抵达泉州港后，林愿连夜召开征剿会议，认真听取前方将领的汇报。"射人先射马，擒贼先擒王"，了解了敌情和海盗的活动轨迹之后，林愿决定重点打击海盗头子"海象"，只要把"海象"消灭了，其他的乌合之众就会望风而逃，再也成不了气候。

"知己知彼，方能百战百胜。"要想一招制敌，就必须摸清楚"海象"的具体情况。于是，林愿决定先到海上看看，再根据具体情况制订行之有效的作战计划。

朝阳下，林愿带着默娘和阿蓝，三人打扮成渔民的模样，驾着小船往东海深处进发。

2

经过一番细致的巡查，林愿和默娘发现，"海象"和他手下的几十个喽啰就龟缩在一座石头孤岛上。那是一座无名岛屿，四面都是垂直的悬崖峭壁，紧邻深海，易守难攻。只有南边有一小山谷可供出入，可是那山谷的谷口并不直接通至海上，而是离海面尚有一丈多高。海盗们把小船放在谷口处，如果要出海，就得先把小船吊下，人抓着绳索，从悬崖滑至船上。回岛时，得先弃舟，援绳索攀上悬崖，再把小船吊起，置于谷口。因此，这个山谷简直成了"一夫当关，万夫莫开"的险要隘口。

站在谷口，海上的一举一动尽收眼底。只要海盗固守谷口不出来，谁也奈何不了他们。海盗们早就做好了最坏的打算，他们在岛上囤积了足够吃上一两个月的粮食和淡水，准备与官兵死扛到底。

情况已十分明朗，要想强攻无名岛，几乎没有可能，甚至还可能因此而大量损兵折将。与众将领商议之后，林愿作出决定：派兵包围无名岛，在海盗弓箭射程范围之外，与海盗僵持，待海盗松懈之后，再趁机攻打。

事后，林愿找到默娘，问道："默娘，你觉得这个办法如何？"

默娘直言不讳道："阿爸，兵围孤岛，虽是一个笨办法，但从目前情况看来，无疑是最稳妥的办法。"

林愿赞许地点了点头，又说："先走一步看一步吧！或许老天会给我们一个机会呢！"

默娘道："阿爸，古人云'上兵伐谋，攻心为上'，海盗也是人，也有七情六欲。"

林愿一脸迷茫地看着默娘。

默娘神秘一笑，凑了过去，与林愿耳语了一番。林愿听完，竖起大拇指，高兴地说："好，此计绝妙，就听我女儿的，哈哈哈……"

经过约半个月剑拔弩张的紧张对峙之后，官兵这边倒先松懈了下来。不管白天还是黑夜，每条船上都只留几个人把守观望，其他人围坐在一起，一边喝酒吃肉，一边高声喧哗，还有的甚至在船上追逐打闹，举行赛歌会。海面上热闹异常，其乐融融，再看这孤岛之上，海盗们吃不好、睡不好，还得经受海风的侵袭。此时正值冬季，海风凛冽，山谷里没遮没挡，站上一刻钟，人就冻僵了。

海盗们踮起脚尖，伸长脖子，朝海面上张望，一边看一边不断地吞咽着口水。那些海盗均来自福建沿海各地，在当海盗之前，也是平民百姓。如今，海面上的官兵高唱着各地民歌，那袅袅的歌声，勾起了海盗们的思乡之情。海盗们一边擦着眼泪，一边愤愤地说："哪来的邪风，吹得人直掉泪！"

船舱里的小桌子上，焚着三支香，旁边安放着铜符、宝

第十一章 征海盗为民请命

镜。默娘手执无字天书，微闭双眼，念念有词。须臾，只见宝镜金光一闪，显出一行字来：雾起无风，宜用火攻。默娘大喜，随即计上心头。

第三天早上，海上突然安静了下来，风停止了，大雾弥漫开来。整个世界仿佛笼罩在一片白纱之中，不分彼此。雾重，一丈之外便分不清男女。而此时，海面上的官兵还在寻欢作乐，岛上的海盗再也无心放哨了。海盗们靠在大石头上，想着美食美酒，想着老家的亲人，想着自己在茫茫大海上过着刀尖舔血的日子，谁也不说话，就这样静静地待着。

林愿立在主帅官船上，凛凛威风不减当年，只见他缓缓地抽出宝剑，突然往无名岛方向一挥，大声喝令道："放！"

话音刚落，上千张弩朝着无名岛射出一支支"火箭"，箭头上燃着鲜红的火苗，在无风的大海上空任意飞翔。

"放……放……"转眼的工夫，无名岛的四个方向都燃起了熊熊火苗。无名岛不大，方圆不到五里，就这样被火苗包围了，远远望去就像马戏团的火圈一样。为了不伤及普通的小喽啰，默娘命令士兵不许朝南边的山谷放"火箭"。

岛上虽然遍布岩石，但也少不了一些树木花草，又因为此时为冬天，岛上一连旱了大半个月了，那些树木花草一沾着火苗，便立马烧了起来，迅速成燎原之势。无名岛上一下子就乱成了一锅粥，四周都是浓雾，他们不知道哪里有火哪里没火，只能像无头苍蝇一样，到处乱撞，其中就有不少人失足掉下了悬崖。

无名岛上有一口井,可那也是杯水车薪,一眼小小的泉水,哪里能扑灭得了四周的熊熊烈火?在茫茫大雾和熊熊大火中冲撞了约一个时辰之后,海盗们全部被赶往了南边的山谷。

海盗头子"海象"气急败坏,挥舞着大刀,要喽啰们做好迎战的准备。就在这时候,海面上又传来一个声音:"岛上的乡亲们,请你们听着,我们是湄洲湾贤良港林愿林大人率领的剿匪官兵,我是林大人的女儿,我叫林默娘。我们知道,你们之所以落草为寇,要么是因为生活难以为继,要么就是被海盗头子要挟,你们是无辜的。现在,我代表林大人向你们郑重承诺,只要你们放下武器,走下岛来,我们保证既往不咎,不伤害你们!冤有头债有主,残害百姓、无恶不作的人,是'海象'……"

林默娘的一番话,一下子就瓦解了海盗头子"海象"的"军心"。

"是……是神姑默娘小姐……是她!"

"是啊!要真是她的话,咱们还是赶快投降吧!听说她神通广大,不仅能驱邪求雨,还能预测天气和吉凶,跟她作对,能有好果子吃吗?"

"没错,没错,她说只要我们投降,就能既往不咎……"

……

海盗喽啰们三五成群地低着头窃窃私语,"海象"却自乱了阵脚,气得面庞扭曲。"海象"怒吼道:"弟兄们,别听她林默娘胡说八道,既然做了海盗,就一辈子也别想翻身。大伙儿跟着我冲出去,只要能杀出重围,日后照样吃香的喝辣的……"

其余几个海盗头目站在"海象"身后,瞪着血红的双眼,等待着喽啰们的反应。

3

可是,喽啰们再也不听"海象"的指使了,他们互相使了个眼色,竟挥舞着武器,开始围攻海盗头目。双拳难敌四手,"海象"等人就算有盖世神功,也挡不住众志成城的众人的怒火和拳头。

片刻之后,"海象"及其手下四个首领被五花大绑,推到了谷口的悬崖边上。海盗们纷纷丢下手上的武器,乖乖地反剪着双手,分散着蹲了下来。这时,官兵们已经来到了悬崖下,一支支"火箭"对准了谷口。

"上!"林愿一声令下,官兵们抓着海盗扔下的绳索,分批爬上了无名岛。海盗喽啰们连忙跪倒,大声疾呼:"神姑饶命啊,神姑饶命啊!""海象"等头目见再无回天之力,便一个个摇晃着身子,瘫倒在地上。无名岛上响起官兵们的欢呼声。

林愿大喜道:"好,好啊!我军不损一兵一卒便捣毁了嚣张的海盗团伙,可喜可贺啊!收兵!"

剿匪官兵一路高唱凯歌,回到了泉州港。喜讯传来,泉州城万人空巷,人们兴高采烈地涌向码头,迎接胜利之师。泉州知州在府衙大摆筵席,为林愿庆功。

林愿父女思念家人,又因默娘素来吃斋念佛,滴酒不沾,所以林愿婉言谢绝了知州的好意,当天下午即启程回贤良港。知州大为感动,拿来二百两白银,说:"林大人,我知道您早已解甲归田,此次出征完全是为了黎民百姓。这是二百两白银,请您务必收下,这是泉州商民凑的,特交代我交给您,您可得给我这个面子啊!不然,我可没法交代呀……"林愿推辞不了,只好含泪收下。

船至惠安海域,忽听岸边传来悲悲切切的哭声,默娘不忍,对林愿道:"阿爸,岸上不知道发生了什么事情,女儿想去看看。"

"好,走吧!"林愿点头,让随从将船靠岸。

上得岸来,只见一支送葬队伍走了过来。为首的是一名四十岁左右的村妇,左手牵着一名男孩,右手牵着一名女孩,边哭边走着。后面跟着的人,一个个面黄肌瘦,弱不禁风的样子,看起来是村里的左邻右舍。

默娘鼻头一酸,连忙奔上前去,见那死者躺在担架上,衣

第十一章 征海盗为民请命

衫褴褛,只裹着一张薄薄的草席。忽然起风了,风卷起那块盖着死者的白布,默娘定睛一看,连忙挡住了队伍。

"大姐,这位大哥还有一口气在,还能救活呢!"默娘道。

那村妇见默娘一脸善意,便苦笑道:"小姐,您有所不知,我家男人已死多时,怎么可能还有气呢?"接着,在村妇断断续续的话语里,默娘终于弄清了事情的原委。原来,这男子名叫李达一,常年以打鱼为生,却贫困如洗,家徒四壁。近日,官府一次次上门催缴夫役钱(按人头算,每人五百钱)。李达一因借钱买来的渔船被礁石撞破,不仅无钱修补渔船,无钱偿还债务,更无钱缴纳官府的钱,便一时想不开,趁着妻子儿女不在家,竟悬梁自尽了。

一番话,把林愿和阿蓝说得心酸无比。默娘哽咽道:"大姐,请您相信我,我能救活李大哥。"说着,便让阿蓝取来药箱,并请父亲帮忙生火煎药。

默娘双膝跪地,拉开李达一的上衣,对准几个穴位,扎了几针。约莫一刻钟后,李达一的脸上恢复了血色。阿蓝端来药汤,默娘将李达一抱起,撬开他的嘴,灌了几口药汤。又过了一会儿,那李达一竟然真的缓缓地睁开了双眼。

村妇见状,破涕为笑,连忙拉着一双儿女,给默娘跪下,不住地磕头谢恩。

李达一醒后,见周围站着妻子、儿女以及乡亲们,又得知是身边的小姐把自己救活的,便痛苦地闭上双眼,哭喊道:"这是什么世道啊？连死都这么难吗？小姐啊，你何苦把我救活啊，让我死了多好啊！"李达一的话，让妻子和儿女重新陷入了巨大的悲痛之中。

阿蓝有点生气，说："好死不如赖活着。你这人真是不知好歹，我家小姐好心好意把你救活，你不知感恩便罢了，反倒责备起人来了，好没道理。"

"不得无礼！"林愿连忙阻止阿蓝。

村妇扑在李达一的身上，失声痛哭："实在不行，咱就把女儿卖了，把钱交给官府，日子总还是要过下去的啊！"女儿一听这话，吓得哇哇大哭，连忙扑到默娘的怀里。

默娘紧紧抱着那孩子，抬起头问道："卖女儿？怎么能把孩子卖了呢？"

一名后生摇了摇头，说："小姐，您有所不知，我们这个村都是穷人家，为了凑齐官府的苛捐杂税，谁家没有卖过孩子啊？与其让孩子跟在自己身边受苦受罪，不如让他们寻个好人家，还能活下去。唉……"

林愿仰天长叹，转身对阿蓝说："阿蓝，快回船上，把那二百两银子全部取来，分给乡亲们，让他们先渡过眼前的难关再说。"

阿蓝没有挪步，她说："老太爷，这是知州为了表彰您和小姐剿匪之功，赏给咱们家的……"

"原来，原来您就是林大人，您就是神姑默娘小姐啊？"李

第十一章 征海盗为民请命

达一听见阿蓝的话,连忙挣扎着站了起来,朝林愿父女频频鞠躬,"救命之恩小人已无法报答,又如何能再要林大人的银子?"

"李大哥,别说了,乡亲们不容易,能帮一点儿是一点儿吧!"说着,默娘又对阿蓝道:"阿蓝,阿爸的话没听见吗?速去取银子来!"

村里的乡亲们听说神姑默娘来了,纷纷走出家门,在林愿父女面前拜倒叩头。

阿蓝取来了银子,默娘含泪把大伙儿搀起,又一一给他们分发银子。乡亲们一边痛哭,一边接过那沉甸甸的银子。有人说:"早就听说湄洲湾的神姑默娘小姐有菩萨心肠,今日一见,果不其然,这让我等小民如何才能报答啊?"

时间不早了,林愿一行得继续赶路了,乡亲们不舍,一直送到了海边。林愿朝众人作揖道:"乡亲们,快回去吧!达一,以后万不可再做今日之傻事了,你是家里的顶梁柱,你要是走了,一家人可就真的没有活路了。"

李达一手捧银子,早已泣不成声,只能一个劲儿地点头。

默娘说:"乡亲们,朝廷苛捐杂税多如牛毛,压得大家喘不过气来,你们放心,回去之后,小女一定想办法,请朝廷免除我闽东南之夫役钱。"

"菩萨啊,真是活菩萨啊!"乡亲们又一次跪倒在地。他们就这样跪着,直到林愿一行消失在海天相接之处,仍然久久不愿起身。

默娘最后说的那句话,让林愿不禁皱起了眉头。他知道女儿不会随便许愿,既然说出了口,她就一定会努力实现。可是,这夫役钱是朝廷的重要收入之一,岂能因一渔家女子之言,说免除就免除了?

第十二章

成正果湄峰飞仙

1

回到贤良港林家，林愿叹道："默娘，阿爸知道你不会随便许愿，可要朝廷免除我闽东南之夫役钱，谈何容易？"

默娘宽慰父亲道："阿爸，此事当然不可能一蹴而就，必须从长计议。好了，近日您为了剿灭海盗的事，忙坏了身子，好好休息吧！别多想了！"

春去秋来，时光荏苒，一晃三年过去了，默娘无时无刻不挂念着苛捐杂税重压之下的闽东南百姓。她曾一次又一次地写信给泉州、漳州、兴化三地的行政长官，请他们将闽东南百姓之疾苦上奏给大宋天子。可是，每一封信都如泥牛入海，没有任何回音。

见女儿始终耿耿于怀，王氏于心不忍，便劝道："女儿啊，那些衙门里的官员不愁吃喝，哪里能管得了百姓的死活？给朝廷上书，向朝廷提要求，这是要冒很大风险的，弄不好还要掉脑袋。你说哪个当官的愿意干这事儿？"

林愿摇头道："孩子，就像你说的那样，这事儿得慢慢来……如果真有那愿意为民请命的官员，他们是不会坐视不管的。"

"阿爸，这事儿的确不是一天两天就能解决的，可闽东南百姓等不了啊，一天不废除这夫役钱，他们就一天没有好日子过。"默娘着急地说，"既然我林默娘一人之声不能引起他们的重视，我就发动三地数十万百姓，一起到官府讨要说法，看他们还敢不敢如此慢待！"

"哎呀，万万不可，万万不可啊！"林愿没想到女儿胆子这么大，连忙劝阻道，"孩子，你要是擅自发动三地百姓到官府去，那些当官的还不把你抓起来，治你个煽动闹事之罪？"

"老天爷啊，你这孩子怎么胆子越来越大了？这事儿可不能开玩笑啊！"王氏也为女儿的想法感到害怕。

阿嫂陈氏拉着默娘的手，说："小妹，此事关系重大，依阿嫂看来，咱们还是别冲动，听阿爸阿妈的吧！"

"是啊！小姐，您要是有个什么不测，叫老夫人和老太爷如何是好？二老年事已高，你得多为他们着想，别再让他们为你提心吊胆了。"阿蓝说。

"你们真以为默娘会如此鲁莽啊？"默娘掩嘴笑道，"要发动大伙儿的力量，我就一定得出面吗？"

默娘这话把大伙儿说蒙了，难道她有什么妙计？

第十二章　成正果湄峰飞仙

默娘见大伙儿一脸疑惑，便说："好了，你们就放心吧！我自有办法，非但不连累自己，还能让那些当官的不敢小觑。"

中秋节晚上，吃过饭后，阿蓝早早地在天井摆上一张小圆桌，备好茶点，准备赏月。沐浴更衣之后，众人围着桌子坐好，却左等右等也不见默娘的人影。林愿起身，拄着拐杖来到默娘房门外，只见默娘端坐窗前，手里拿着那本无字天书，正在闭目凝思。林愿不敢打扰，只好回到天井，给孙儿讲起了嫦娥奔月的故事。

半个时辰过去了，默娘这才笑盈盈地来到天井。侄儿文涛拉着默娘的衣襟，撒娇道："小姑，小姑，您给涛儿讲个故事！"

默娘蹲下身子，怜爱地抱着侄子，笑着说："好，小姑这就给你讲故事……"

默娘给侄子讲完一个故事，又讲了一个故事，直讲到侄子躺在母亲陈氏怀里沉沉睡去。

阿蓝给默娘倒了一杯茶，说道："小姐，您刚才在房里干什么啊？连中秋赏月都迟到，呵呵……"

默娘神秘一笑，环视一圈，说道："这个可不能说！不过，明天早上起床后，请你们每个人都告诉我今晚是不是做梦了，做了个什么样的梦，行吗？"

"这孩子，阿蓝问你在房里干什么呢，你却说什么梦的事儿，牛头不对马嘴的！"王氏嗔怪道。

"好啦，我的老太太，夜深露重，赶紧回房歇息去吧！"默娘小心地扶起母亲，把她送进了卧室。

第二天一早，众人围在餐桌前吃早饭。没人说话，默娘歪着头，碰了碰阿蓝，说："阿蓝，你先说！"

"说什么？"阿蓝抬起头，莫名其妙地问道。

"你忘了？昨晚我不是告诉你们，一早起来就告诉我……"默娘假装生气道。

"哦，"阿蓝说，"您是说做梦的事儿啊？做了啊！我……我做了一个梦，梦里一个白胡子仙翁跟我说话了，说是让我九月初九早上到泉州府衙门口看热闹，还说什么要废除夫役钱。就是这样，没头没脑的，不知道是什么意思。"

阿蓝话音刚落，陈氏一惊，筷子掉落在地。她连忙弯腰捡起，吞吞吐吐道："阿蓝，你确定没记错？"

阿蓝点头，说："没记错啊，少夫人，怎么了？"

"我……我也做了一个与你一模一样的梦，也梦见了一个老仙翁，他也跟我说了一样的话！"陈氏惊得下巴都要掉了。

"这……这是怎么回事？我也做了这样的梦。"王氏突然说道。

"是啊，我也是，真是奇怪了！"林愿看了看默娘，意味深长地说，"默娘，你呢？"

默娘红着脸，低头道："呃，我也一样啊！"

旁边可爱的小文涛急了，大声说："你们在说什么啊？我……我怎么没做梦呢？"

第十二章　成正果湄峰飞仙

"哈哈哈……你还是个孩子呢！"默娘伸手刮了一下侄子的小鼻子，"这梦……这梦是专门给大人做的啊！"

林愿好像突然想起什么似的，扭头问默娘："默娘，昨天晚上你坐在窗前……"

"阿爸，"默娘连忙打断道，"要不待会儿吃完早饭，您到码头上走走，问问乡亲们昨晚是不是也做了一样的梦？"

"行，我……我一会儿就去，一会儿就去！"林愿笑呵呵地说。

果然不出所料，林愿吃完早饭后，来到贤良港码头，还没等他张嘴问，就有人对他说："林大人，我们大伙儿昨晚都做了一个梦，梦里一个白胡子仙翁让大伙儿九月初九那天到泉州府衙去，要求废除夫役钱。不知您是不是也做了这样的梦？"

林愿兴奋得像个孩子一样，一路小跑着回到了家，迫不及待地把这个消息告诉了女儿默娘。默娘拉着父亲的手，小声说道："阿爸，这事儿有眉目了吧？"林愿点了点头，一脸轻松。

2

九月初九，泉州府衙门前果然聚集了成千上万来自各地的百姓，他们要求见知州大人，要求他把百姓的呼声写下来，呈给当今天子。这声势浩大的场面，把泉州知州吓得不轻。可是谁也不知道这些百姓是谁组织起来的，只听百姓说是梦里的白胡子仙翁让他们来的。

泉州知州不敢怠慢，连忙拿出纸笔，颤抖着双手，写下了奏折。

可是，奏折是写好了，泉州知州却不敢递上去。他深知，这封奏折很有可能会触犯龙鳞，给自己惹来杀身之祸。如果没有皇上身边的红人帮忙说说话，这奏折是万万不可呈上的。于是，这封奏折在泉州知州的府衙躺了整整半年。

转过年来，春天里的一个早晨，贤良港突然来了一队官船，船上遍插旌旗，还站着一排排手扶佩刀的兵卒。原来，这是新科状元卢相公的仪仗，卢相公听闻湄洲湾贤良港有一才貌双全之女子，便特来拜访。

见过默娘后，卢相公深深地为默娘的品德和相貌所打动，回到船上后，立马让老仆前往林家提亲。

这突如其来的求亲，让林愿夫妇措手不及。按理说，卢相公贵为新科状元，而且相貌堂堂，谈吐儒雅，绝对是理想的女婿，要是默娘能跟了他，享尽荣华富贵不说，更可少了奔波海上、治病救人之劳苦。王氏觉得这是天赐良缘，默娘二十五岁了，同龄的女子孩子都满地跑了，要是错过了这个村可就没这个店了。于是，王氏拉着默娘的手，苦口婆心地劝说她答应这门亲事。

可默娘流着泪说："阿妈，前些年女儿已经跟你们说了，女

第十二章 成正果湄峰飞仙

儿此生心许大海，不论婚嫁。如今，双亲老迈，女儿又怎么可能这个时候离开你们呢？况且，瘟神未灭、海怪未除，女儿始终放心不下啊！还有，涛儿年幼，阿嫂一人难以操持这个家，我得为阿嫂分担，将涛儿培养成人啊！"

林愿拍了拍妻子的肩膀，说："好了，别再说了！女儿心意已决，多说无益，多说无益啊！"其实，林愿的心也在滴血，作为父母，谁也不愿看到自己的女儿长期不嫁，守在娘家，孤老终生。

得知林默娘为了莆邑苍生，矢志不嫁，终生研习治病救人、观天察海之术，以毕生之精力驱除病魔、战风斗雨；为了当初的一句誓言，自愿服侍父母左右，协助阿嫂抚养幼子成人，卢相公终为林默娘之精神所感动，泪洒书案，抚髀长叹。

卢相公到林家辞别，准备择个好日子北上进京。林愿夫妇自觉无颜面对卢相公，正尴尬地打着哈哈，却见默娘大大方方地移步上前。默娘避开卢相公热辣的目光，欠身道："卢相公，民女默娘有礼了！近日海上风平浪静，可随时出发，一路必顺风顺水，直抵京都。只是……只是民女有一事相求，不知当讲不当讲！"

卢相公愣了一会儿，道："默娘小姐不必多礼，不知小姐所托何事。只要是鄙人力所能及的，一定尽力而为。"

"相公，之前我闽东南百姓曾联名向泉州府进言，要求泉州府给天子上书，免除闽东南之繁重的夫役钱。泉州府已拟好奏折,只是因种种原因至今未能上达,民女斗胆请相公相助……"

"此乃大好事啊!请问奏折现在何处?"

"在泉州府衙。"

"好,你们放心,鄙人一定将闽东南民声带回京都,并面呈皇上……"

"如此,民女代闽东南百姓叩谢相公大恩!"

"不敢不敢,默娘小姐心中装着民间疾苦,鄙人又如何敢置若罔闻?"

三日后,泉州府将奏折呈给了卢相公。卢相公带着奏折,拜别林愿一家,扬帆北上。

这事办得干净利索,而且胜券在握,林愿想:默娘竟有如此之智慧与胆识,不简单!

又过了一年,忽从京都传来好消息,大宋皇帝朱笔一挥,准许免除漳州、泉州、兴化三地百姓之夫役钱。圣旨传来,闽东南沸腾了。搬去了这座压在身上的大石头,几十万百姓终于能畅快地呼吸了。

后来,人们终于得知,这件大好事乃湄洲湾贤良港林默娘小姐一手促成的。人们载歌载舞地来到上林村,要亲眼见一见这位菩萨心肠的官家小姐,要亲口跟她说一声"谢谢"。看着泪流满面、难掩激动之情的各方百姓,默娘也终于长长地松了一口气。

第十二章 成正果湄峰飞仙

人生能有几度春,岁月无情催人老。对于默娘矢志不嫁一事,王氏始终无法释怀,加之年岁渐长,便老得特别快。大宋雍熙三年(986年)的秋天,王氏卧床不起。默娘隐隐觉得母亲将不久于人世,于是忍着悲痛,衣不解带,日夜陪伴在母亲床前。

一日清晨,默娘从梦中醒来,见母亲一脸安详地躺在床上,便上前想要叫醒她。没想到,母亲再也听不见女儿的声音了,双眼再也无法睁开了,她已溘然长逝。默娘悲号一声,倒在了母亲的床前。

默娘挥泪将母亲王氏送上了后山,那里埋着她亲爱的儿子洪毅。王氏是寿终正寝,无疾而终,按照民间的说法,这是上辈子修来的福分。默娘却一时接受不了,日日以泪洗面,夜夜呼喊着母亲的名字。她想:自己空有妙手回春之医术,却只能眼睁睁地看着母亲大人离自己而去,人生最大的悲剧莫过于此。

还未等默娘从巨大的悲痛中振作起来,父亲林愿又病倒了。此时的默娘是家中的顶梁柱,她只能强撑着身子,坐在父亲的床前,紧紧地抓住父亲的双手,好像她一松手,父亲就会从她身边溜走一样。林愿也舍不得这个家,舍不得乖巧聪慧的女儿。他努力睁大着眼睛,盯着默娘看,好像要把她的模样刻在自己心里,下辈子还要给默娘当父亲一样。

相聚的日子越来越少,这日中午,默娘发现父亲已无法吞咽任何食物,连水也灌不下去了。须臾,林愿的呼吸越来越急促,脸上没有了血色,目光也慢慢变得无神了,看来老人的大限已到。

3

默娘无声地哭泣着,重重地跪倒在父亲床前,屋子里跪倒了一大片,姐姐、姐夫以及他们的孩子,阿嫂陈氏和侄儿文涛,林家笼罩在一片悲戚之中。父老乡亲们闻讯后,扶老携幼赶到林家。他们怀着极其悲痛的心情,不断地向上天祈祷着:"老天爷啊,林家上上下下都是好人啊,您睁开眼睛看看,就多给林大人一些时日吧!"

林愿缓缓地伸出手,抓住了默娘,断断续续地说:"默娘……阿爸,阿爸要走了,要……要去陪你阿妈了!"

"阿爸,阿爸,您别走,别走啊!女儿……女儿不能没有您啊!"默娘叩头哀鸣。

"孩子,人……人都有这一天。只是……只是阿爸始终放心不下你啊!你要……要除海怪,要灭……瘟神,这条路……坎坷崎岖……你得保重啊!"

"阿爸,默娘……默娘不怕。您可一定得好好活着啊,阿爸!"默娘的泪水哗哗直下。

林愿又看了看跪在默娘身后的家人,叮嘱道:"默娘,我的

第十二章　成正果湄峰飞仙

女儿……往后，一家人要团结和睦，要……要互相帮助。默娘……你……你得帮着你阿嫂，把……把涛儿培养……成人啊！"

默娘连连点头，道："阿爸，您就放心吧！有女儿在，不会让涛儿受到半点委屈的。林家人也……也一定记住您的教诲，团结一心，和睦相扶。"

"好，好，阿爸……阿爸放心！我……我要去了，你们……你们不要太过悲伤。默娘，记住你的誓言……拯救万民……"林愿的双眼忽然暗淡，慢慢地合了起来，声音也越来越小，越来越小，直至再也听不见。

"阿爸啊……"默娘脸色一变，尖叫一声，扑倒在父亲的身上，随即便晕过去了。门外的乡亲听到了默娘的哭声，他们知道林大人仙逝了，便纷纷伏倒在地上，久久不愿起身。

不到半年时间，慈爱的双亲大人双双离世，默娘哭干了眼泪，哭得形销骨立，哭得形容枯槁。阿蓝见默娘日日端坐在父母灵前，茶饭不思，不免忧心忡忡。她想：小姐不能一直这样下去，得给她找点事情做，帮她走出这个阴影。

海上又起大风，几艘渔船在风雨中飘摇，危在旦夕。阿蓝飞奔来告，默娘一抹泪水，起身便朝海滩走去。是啊！此时此刻，除了拯救受苦受难的百姓，还有什么能唤醒悲痛中的默娘小姐？

转过年来，已是大宋雍熙四年（987年）。这一年的春节，林家不贴春联，不放鞭炮，不穿新衣，不喝酒，不吃肉，不接待来客。全家人以这样一种无声的方式，表达着对两位已逝亲人的无限哀思。其实，湄洲湾贤良港的百姓也一样，林愿夫妇仙逝，他们与林家一样，感到万分悲痛。因此，这年春节的贤良港冷冷清清，没有一点儿节日的氛围。

人间除夕夜，圣地紫竹林。观音大士对身旁的龙女道："徒儿，你已下凡二十八日，也该回到为师身边了吧？为师已禀报玉帝，不日将为你加封，以彰大道仁心。"

"谢师父！徒儿想，九月初九为人间登高望远之良辰吉日，彼时，徒儿自当回归师父座下，服侍左右。"龙女低头道。

是的，大宋雍熙四年九月初九，就是湄洲湾林氏默娘升仙的日子。这一年，林氏默娘二十八岁。

二十八年来，默娘走出小姐闺房，舍弃优越的生活，甚至立志终身不嫁，只为刻苦钻研治病救人、观天察海之术，从不敢有一日懈怠。学成之后，默娘有求必应，不辞劳苦，不舍昼夜，不取分毫，拯救万民于水深火热之中。

二十八年来，不管是南下的还是北上的，不管天气晴好还是风急浪险，只要途经湄洲湾，人们总要停下来，到贤良港上林村，问问神姑林默娘，问问海情风讯，问问吉凶安危。

二十八年来，这里的人们不再相信巫医蛊术了，他们也知道生什么病该吃什么草药了；这里的人们也不再盲目出海了，他们也能看懂天象云雾了。

第十二章 成正果湄峰飞仙

二十八年来,默娘给多少人诊过病,救过多少遇险的渔民、商人,恐怕谁也数不过来。

二十八年来,默娘创造了一个又一个生命奇迹,化解了一场又一场海上危机,她的恩德惠及四方百姓,她的美名传遍五湖四海。

这二十八年的风风雨雨,将默娘磨砺成一位宅心仁厚、乐善好施、百姓爱戴、万民敬仰的神女。如今,历尽艰难困苦、尝尽酸甜苦辣的林氏默娘,终于修成正果,要回归天庭了。

九月初,默娘开始不再进食,每天以喝水度日。九月初四早晨,默娘起床洗漱完毕之后,梳好帆髻,便开始整理草药。她把家里的草药分门别类地包好、摆放好,每包草药上写明药名、疗效及服用方法。接着,默娘又开始整理自己读过的书籍,并按照适读年龄一一放好,这是她留给侄儿文涛的一笔宝贵的精神财富。

九月初六一早,默娘让阿蓝陪着自己上了一趟菜籽岛,采来三篮菜籽花。回到家后,默娘独自一人,提着菜籽花来到后山,献给了自己的阿爸、阿妈和阿哥。坐在三位亲人的墓前,默娘泪流满面,久久不语。

下得山来,默娘又来到了贤良港,挨家挨户地串门,这儿是生她养她的故里,这儿有她最亲近的父老乡亲,默娘得好好地再看一眼。默娘又驾着宝船,登上了风光旖旎的湄洲岛,她在林家古厝门前独坐了整整两个时辰。山下是碧波万顷的东海，那里舟楫穿梭，人来人往，好一幅人间盛世图景。

默娘默默地做着这一切，可她不言不语、不悲不喜的表情，不得不让阿嫂陈氏和丫鬟阿蓝生疑。九月初八，六神无主的陈氏，一大早就把五位姐姐请回了家中，并告知了心中的疑惑。随即，整个湄洲湾的百姓都来了。人们挤在林家门前，心里七上八下，他们不知道默娘小姐此番举动是何用意，更不知道接下来会发生什么。

默娘小姐一天都没有出门，而是把自己关在闺房里诵经。父老乡亲们不敢打扰，他们在林家门前站了一夜，彻夜未眠。

夜里，有人忽然叫道："快看，你们快看，林家红光一片！"

大伙儿连忙扭头望去，只见林家笼罩在一片红光之中。光线闪烁间，林家前后宛如白昼。又有人小声叫道："你们闻，好香啊！这……这是怎么回事？"

人群中，一位老者思忖半刻，道："奇了，奇了，这红光，这香气，与二十八年前默娘小姐降生时一模一样，一模一样啊！"

"是是是，确实一模一样，这一幕虽然过去了二十八年，但是当初在场的人一定不会忘记。默娘……默娘的确是上天派来咱们贤良港的神仙啊！"

4

九月初九清晨,父老乡亲还在翘首往林家宅里张望,却忽见阿蓝掩面大哭,夺门而出。众人诧异,连忙拉住阿蓝,问道:"阿蓝,阿蓝,你怎么了?"

阿蓝抹了抹眼泪,委屈地哭诉道:"默娘小姐,她……她要把我嫁了,呜呜呜……"

"哈哈哈……你这丫头,默娘小姐要给你寻夫君,这……这是好事啊,你怎么还哭了啊?"有人打趣道。

"不!小姐……小姐不嫁,我也不嫁。我……我与小姐情同姐妹,我要一辈子陪着小姐!"阿蓝大声说。

屋里,默娘早已起床,此刻正跪在父母和阿哥的牌位前,小声地哭泣道:"阿爸阿妈,女儿默娘不孝,今日,女儿要远行,不再回来……"

这话让守在门外的陈氏听见了,她吓了一跳,心里感到更加不安。餐桌前,默娘对五位姐姐说道:"各位姐姐,今日是重阳登高之日,默娘要独自一人远行,很遗憾,无法与你们一道同行。"

"嗨,我当是什么事儿呢!没事儿,去吧,去吧!我们哪儿也不去,就待在家里等你回来!"大姐只当是默娘想出去散散心,便随口说道。

默娘又对阿嫂陈氏说："阿嫂，小妹有三件要事托付于您，望阿嫂成全！"

陈氏的心又一次提了起来，小心地问道："小妹，有什么事你尽管说，阿嫂一定办到。"

"其一，涛儿天资聪慧，勤奋好学，乃国家栋梁之材，您得好生培养才是；其二，阿蓝跟随我多年，虽说情同手足，感情甚好，可也吃了不少苦，受了不少罪，我远游之后，由您做主，在湄洲湾给她寻个好人家嫁了。届时，我房中之物皆送给阿蓝当嫁妆；其三，家中草药我已分类整理好，日后若有人登门求药，您一定得根据她的病症，将草药免费送给他们……"

听完默娘这番话，屋里所有人都愣住了，这哪里是一个即将远游登高之人所说的话，分明就是……她们不敢再往下想了，她们慌了！

侄儿文涛哭着拉住默娘的衣裙，道："小姑，小姑，您要去哪里啊？您……您还得教我读书识字呢！"

默娘忍痛捧起侄儿的小脸，亲了一口，道："涛儿，小姑走后，你得勤奋攻读，将来好蟾宫折桂，为国尽忠。你阿妈操劳一生，你得好好孝顺她才是……"

说完，默娘丢下家人，急急地奔出门去。门口，停着默娘的宝船，默娘跨步上船，只见那宝船在旱地飞驰，一会儿便下了湄洲湾。

"小妹，小妹，你要去哪儿啊？"陈氏和五位姐姐追出门

第十二章 成正果湄峰飞仙

去,却见默娘立在宝船之上,早已离开了海岸。林家门前的百姓,连忙追至海滩,跪了下来,含泪目送默娘。

一袭红衣,衣袂飘飘,默娘舍舟,沿小路登上了湄峰之巅。这时候,忽听天空中传来阵阵悦耳动听的仙乐,几朵白云慢慢地降落下来,停在了默娘的脚边。默娘回首,深情地凝视着脚下的湄洲湾和那些抬头张望的百姓,随即踏上云彩,款款飞升而上……

不知过了多久,天上的仙乐消失了,默娘的身影不见了,天地又恢复了原来的模样。可是,湄洲湾百姓还在无声地跪拜,好像在恭送默娘小姐重回天庭,又好像在等待默娘小姐回家……

人们思念默娘,想把默娘永远留在身边,永远留在人间。于是,他们含泪在默娘飞升的湄峰之巅,建起了一座庙,供奉着默娘神像,将其尊为海神灵女、龙女、神女,虔诚敬奉。在闽南方言中,"妈"是对女性长者或德高望重的女性的尊称。人们用"妈祖"来称呼林默娘,表达了人们对舍己救人、护国安邦的海神最崇高的敬意。如此,千百年以来,妈祖林默娘的光辉形象在世人心中扎根、发芽,并开出了美丽的花朵,奇香四溢,散播四方。

第十三章

施仙法降妖除魔

1

湄峰飞仙之后,妈祖受封海神,巡游四海,镇海安邦,护国安民。为了壮大巡海力量,妈祖还组建了一支水阙仙班,其中包括四大金刚和大总管。四大金刚就是千里眼、顺风耳、嘉应、嘉佑,大总管就是晏公。传说,这四大金刚和大总管原本都是横行海上、无恶不作的妖怪,后来因为斗不过妈祖,又有心向善,才拜到妈祖帐下修行的。

千里眼、顺风耳原为武王伐纣时,助纣为虐对抗姜子牙的两名大将。后来,姜子牙施展法术,猛擂战鼓、大张旗帜,遮住了千里眼的视线,扰乱了顺风耳的听力。千里眼、顺风耳被杀死之后,心有不甘,鬼魂飞到了东南沿海的湄洲湾,在湄洲岛的桃花山上盘踞了下来。后来,经过几千年的修炼,千里眼、顺风耳幻化成了两个妖怪,出没在湄洲湾上空,为害一方。

自从妈祖湄峰飞仙之后,千里眼、顺风耳便躲在洞中,不

第十三章 施仙法降妖除魔

敢与其面对面对抗。为了把两个妖怪吸引出来,妈祖变成一名貌美的村姑,跟着村民上山砍柴。这天,憋得实在难受的千里眼和顺风耳驾着一团黑云,小心翼翼地出洞了。

两个妖怪在天空中往下张望,忽然发现山林间竟然有一如花似玉的女子,正挑着一担柴火下山。千里眼对顺风耳说:"大哥,你看,那儿有个美人,咱俩一直窝在山洞里,实在无聊透顶,要不把她抓来,当个压寨夫人吧!哈哈哈哈……"

说着,两个妖怪便降下云头,来到了妈祖面前。千里眼伸手拦住了妈祖,道:"小美人,别砍柴了,跟我回洞里享福去!"

"就是,你就在我俩的洞中歇息,要什么吃的喝的,我们哥俩去给你弄来,何必这么辛苦呢?"顺风耳色眯眯地说道。

妈祖放下肩上的担子,见两个妖怪长得面目狰狞,个子奇高,声如洪钟,心中便暗暗笑道:"这俩丑八怪,本事不大,色胆倒不小。"不过,妈祖还是装出一副可怜的样子,低头抽泣道:"小女子知道,落入两位神仙的手里,便是跑不掉的。可是,小女子家中还有八十岁的老母等我担柴火回家,给她烧火做饭。如果……如果你们俩能帮我把这担柴火背回家去,我……我就跟你们走!"

两个妖怪一听,不知是计,心想:这有何难,不就是背一捆柴火吗?小菜一碟!于是,满口答应道:"哎呀,就这点儿要求啊,放心,我俩一定把这担柴火给你送回家去。"说着,两个妖怪弯下腰,各自背起一捆柴火,往山下走去。

见两个妖怪乖乖地背起了柴火，站在背后的妈祖偷偷地掩嘴笑了。

刚开始，两个妖怪想着把这担柴火送回女子家中，便能抱得美人归了，于是心中大喜，健步如飞。没想到，刚走了几十步，他俩便觉得背上的东西越来越重，越来越重，直压得人喘不上气。他们又艰难地往前走了一会儿，两个妖怪再也坚持不住了，想把柴火扔掉。可是，这时候那两捆柴火忽然变成了两块巨石，"蹲"在两个妖怪的背上。而且，两块巨石就像长了手一样，紧紧地抓住两个妖怪的后背，任他们怎么甩也甩不掉。

两个妖怪累得汗如雨下，知道被那女子给耍了，而且那女子绝非等闲之辈。"好汉不吃眼前亏"，两个妖怪连忙求饶："仙姑啊，仙姑啊，小人有眼不识金镶玉，您……您就饶了我俩，把这大石头搬走吧！"因为被身后的大石头压着，两个妖怪无法回头，只得站着不动，等那女子上前来。

过了一会儿，天上突然传来一个声音："妖怪，我是湄洲湾林默娘，如果你俩真心悔过，我可以移走大石头！但是，你们必须跟着我，随我四处巡海去！"

"悔过，一定悔过，一定悔过！"两个妖怪大声叫道，"我们愿意……愿意追随仙姑！"

"好！"妈祖立在云头，玉手一挥，便见那两块大石头又变回了两捆柴火。两个妖怪卸了身上的重担，哪里还肯逗留，连忙撒开腿飞奔而去。

"想跑!没那么容易!"妈祖朝着那两捆柴火轻轻地一吹气。两根捆着柴火的藤条忽然变成了两条毒蛇,张着血盆大口,吐着信子,朝千里眼、顺风耳逃跑的方向追了过去。

两个妖怪忽觉身后吹来一阵寒风,扭头一看,妈呀,竟然是两条可怕的毒蛇。对于两个高大无比的妖怪来说,要在山间奔跑,并摆脱毒蛇的追击,是一件多么不容易的事儿啊!他们不是被石头绊倒,就是被树枝缠住。眼看着就要被毒蛇追上了,两个妖怪"扑通"一声跪倒在地,朝着妈祖连连磕头谢罪。

"妈祖娘娘,妈祖娘娘,我们错了,我们错了……"

"服不服气?"妈祖问道。

"服气,服气,妈祖娘娘,您就饶了我俩吧!"

就这样,妈祖将千里眼、顺风耳收为手下战将。归顺之后,二将不辱使命,惩恶扬善,济世救人,做了不少好事,也立了不少功劳。

2

跟千里眼、顺风耳一样,嘉应、嘉佑原本也是横行湄洲湾一带的妖怪兄弟。不过,跟千里眼、顺风耳比起来,嘉应、嘉佑兄弟俩的修行时间较短,功力自然也不如他们。嘉应、嘉佑住在海上,专门冲撞来往船只,以抢夺财物,或者吃人。他俩有一艘奇形怪状的小船，船身包裹着坚硬的铁板，只要一见有渔船过来，便狠狠地冲撞过去，直撞得人们船毁人亡才罢休。

晏公可就不一样了，他长得极其庞大，就像一座小岛一样，而且他法力高深，能鼓起大风，掀起巨浪，甚至还能招来大雨。起初，晏公根本就没把妈祖放在眼里。他想：一个弱女子，能有多大能耐？之所以能在这东海之上得些小名，那是因为她还没遇见我，哼！

妈祖装扮成普通渔民的样子，出海打鱼。嘉应、嘉佑的铁板小船撞上了妈祖的宝船，一下子后退了三丈远。嘉应恼羞成怒，命令嘉佑施展妖术，朝着妈祖再次冲撞过去。妈祖端坐在宝船上，突然一晃手中的宝镜，只见金光一闪，铁板船瞬间四分五裂。嘉应、嘉佑落入水中，妈祖又抛出一张符，紧紧地贴在海面上，两个妖怪无法探出头来，只能潜在海底，憋得双眼通红。自知不是妈祖对手的嘉应、嘉佑，连声求饶，甘拜下风。

晏公无惧妈祖，甚至叫嚣着要与妈祖一较高下。

风雨雷电中，妈祖与晏公在东海之上摆开架势，打了起来。晏公非常狂妄，一边轻蔑地大笑，一边俯身卷起狂风巨浪。可奇怪的是，妈祖立在云端，口念咒语，竟然风吹不着，雨打不着，她的周围好像有一个无形的保护罩一样。

晏公大惊，又从海底捞起一块巨石，正想朝妈祖掷去，却见那风雨和海浪忽然变了一个方向，齐齐地朝自己扑来。晏公连忙丢掉手中的巨石，想钻进水里，一走了之。说时迟那时

第十三章 施仙法降妖除魔

快，妈祖忽然抛出一张巨大的渔网。那渔网铺天盖地而来，越变越大，最后把晏公网在了里面。

更要命的是，那渔网将晏公罩住之后，又迅速变小了。晏公挣扎得越厉害，渔网就收缩得越紧，最后把晏公勒得吐出舌头，直翻白眼。无计可施的晏公，只好投降了，连连向妈祖磕头认罪，并表示愿意追随妈祖，改过自新。

后来，妈祖还收服了一个经常在贤良港附近村庄为非作歹的小鬼。那小鬼专门盯着体弱多病之人，只要让他缠上了，没多久便骨瘦如柴、奄奄一息。默娘赶到村子里时，小鬼正附在一名妇女身上，那妇女疼得在地上打滚，不停地哭喊，眼看就要没命了。

默娘大喝一声，掏出宝镜一照，那小鬼便立马现了原形。小鬼想跑，默娘又抽出宝剑，在空中画了一个大圈。于是，那小鬼就像无头苍蝇一样，在圈里来回冲撞，就是跑不出去。走投无路的小鬼跪在了妈祖脚下，表示要痛改前非，为民造福。妈祖念小鬼诚心皈依，便让他在自己帐下做了一名小将。

因小鬼无名无姓，妈祖想：这个村子名叫高里村，就把村子的名字赐给他吧！于是，后人便称那小鬼为"高里鬼"。虽名为"鬼"，可归顺之后的高里鬼再也没有做过任何伤害老百姓的事情，反而成了老百姓的守护神。

湄洲岛南端的一座小山上，有一处美丽的绝妙景观，名为"鲤鱼十八节"。在那儿，整整齐齐地排列着十八块巨石，连起来看就像一条巨大的鲤鱼卧在地上一样。传说那原来是一条屡屡作恶的鲤鱼精，被妈祖请来的雷公砍成了十八节。

鲤鱼精原本只是天上的一条普通的鲤鱼，因偷听佛祖讲经，才得以修炼成精。鲤鱼精到了东海之后，狂妄自大，目空一切，竟然给自己定了一条"规矩"：每个月要吃掉三个人。

湄洲湾百姓来到龙王庙，请求龙王约束无法无天的鲤鱼精。得知鲤鱼精在东海作祟，龙王派三太子前来降服。没想到，年轻气盛的三太子太轻敌了，几个回合下来，渐感体力不支，眼看就要败下阵来了。

就在这时候，妈祖带着水阙仙班飞临上空。妈祖指着鲤鱼精道："大胆妖孽，你恶贯满盈，死期到了。没想到你竟然无法无天，还要伤害龙王太子，还不乖乖束手就擒……"

鲤鱼精抬头，只见妈祖帐下的四大金刚驾着祥云来了。可他自恃法术高强，不肯服输，竟想凭一人之力，打败四大金刚。没想到，交战不到十个回合，鲤鱼精便破绽百出，只有招架之功，再无还手之力了。鲤鱼精不想像晏公那样，臣服于妈祖，从此过上清心寡欲且奔波劳累的生活。因此，他一面假装应付着四大金刚，一面却东瞧西看，要找机会溜走。

妈祖见状，连忙召回四大金刚，道："妖孽，你若不肯服输，本座只好请雷公来治你了。"

妈祖话音刚落，便见雷公飘然而至。雷公朝妈祖拱手道："仙姑，这等小事就不劳烦您的大驾了，就让小神将这妖孽打回原形吧！"说着，雷公挥舞起鼓槌，朝那海中的鲤鱼精重重地敲去。只见鲤鱼精翻滚几下之后，便再也动弹不得。最后，鲤鱼精变成了十八节，又化成了大石头。

3

龙王太子见妈祖一女流之辈，带着几个小将，轻而易举地制服了鲤鱼精，还请来了雷公帮忙，便觉得自己脸上无光。不过，他担心妈祖认为他小心眼，于是只能忍住心头怒火，与妈祖告别。

回到龙宫之后，龙王太子越想越气愤，越想越觉得窝囊，于是马上找来了大鲨鱼。那大鲨鱼喝了点酒，不知天高地厚，龇牙咧嘴地拍着胸脯，要给自己的主子出气。其实，他早就对妈祖他们有意见了，说妈祖爱出风头，喜欢抢别人的功劳。

这次，得到主子的默许之后，大鲨鱼在海上散布谣言，诋毁妈祖和四大金刚，说妈祖爱逞能，没什么能耐，四大金刚那点本领更是雕虫小技。起初，妈祖并未放在心上，时间久了，手下的四大金刚忍不住了，妈祖便让他们去教训教训大鲨鱼，不过要注意分寸，点到为止。

几个回合打下来，四大金刚发现大鲨鱼其实根本不堪一击，只是嘴上不饶人，目中无人而已。于是，他们商量之后，便假装败下阵来，连连向大鲨鱼求饶。

大鲨鱼一见四大金刚认输了，哈哈大笑，觉得四大金刚这么不禁打，那妈祖也没什么了不起的。于是，大鲨鱼便在海上跳跃着，大喊道："林默娘，林默娘，出来，你的手下都被我打败了，现在轮到你跟我比试比试了。"

妈祖笑了笑，抛出一张符，只见海水突然迅速退去，大鲨鱼来不及转身，被搁浅在沙滩上了。大鲨鱼不服，要妈祖将其送回海里，双方真刀真枪地打一场。

妈祖又笑了，伸手把符收了回去，海水又缓缓地涨了起来。重新回到海中的大鲨鱼，突然一跃而起，张开血盆大口，直往空中扑去，好像要把妈祖吃进嘴里。妈祖冷静地挥舞长剑迎战，她身材娇小灵活，一会儿跳到大鲨鱼的身后，一会儿又踩在大鲨鱼的头上，把大鲨鱼捉弄得团团转。接着，妈祖找准机会，挺着长剑往大鲨鱼的嘴里送去，又突然剑柄一横，用力抽回。再看那大鲨鱼，只见几颗白森森的大牙齿从他的嘴里掉了出来。大鲨鱼满嘴鲜血，疼得嗷嗷大叫，突然砰的一声，重重地摔回了海面上。

巨大的疼痛让大鲨鱼再也无力组织新的进攻了，也终于让它醒悟过来：妈祖这是对自己手下留情了，否则那长剑直指肚子，它还能活命吗？想到这里，大鲨鱼连忙乖乖认输，潜回龙宫，向龙王太子请罪去了。

龙王太子见大鲨鱼铩羽而归，而且一脸心悦诚服的样子，

第十三章 施仙法降妖除魔

便知妈祖的确法力无边。回想起自己的小肚鸡肠,龙王太子更觉羞愧,于是连忙拉着大鲨鱼,浮出水面,向妈祖道歉。

龙王太子诚心道:"妈祖娘娘,如果您不嫌弃,从此以后小神自愿接受您的差遣,降妖除魔,济世救民。"大鲨鱼更是无地自容,躲在龙王太子身后,不敢露面。

自那以后,每年农历三月二十三日,妈祖诞辰这一天,各海域的鱼类,包括鲨鱼,都会不约而同地来到湄洲岛海边。它们默默地绕着湄洲岛游弋,然后朝着湄峰之上的妈祖庙虔诚地拱鳍行礼,直到夜幕降临,才恋恋不舍地离去。当地渔民将这种神奇的现象称为"水族朝圣"。为了表达对妈祖的无上敬意,也为了保护这种神奇的自然现象,湄洲湾渔民自古就有妈祖诞辰禁渔的习俗。这一天,任何人不许垂钓,更不许下海捕鱼。

第十四章

济万民慈航普度

1

钱塘潮是世界三大涌潮之一,场面极其壮观,令人叹为观止。每年农历八月十八日前后,是钱塘观潮的最佳时机,来自四面八方的宾客,纷纷涌上钱塘堤坝,争睹天下奇观钱塘潮。

站在堤坝之上,翘首远观滚滚而来的钱塘潮,只见海上气象万千,声如雷动,气势磅礴,叫人不禁心潮澎湃。在神奇的大自然面前,在这雄浑壮观的钱塘潮面前,人是多么渺小,多么微不足道啊!

就拿这眼前的潮水来说吧!如果它乖巧温顺,与人为善,那么人们可以行舟、灌溉、饮用、淘洗,人与自然和谐共处,其乐融融。可是,如果它不服管束,喜怒无常,脾气暴躁,经常卷起狂风巨浪,甚至摧毁堤坝,可怜的人们就得遭殃了。

南宋理宗嘉熙元年,公元1237年,这一年的中秋节前后,钱塘潮便露出了狰狞的面孔。观潮这天,堤坝上人山人海,人

第十四章 济万民慈航普度

头攒动，可是人们不知道灾难正在一步一步地逼近。中午时分，海潮滚滚而来，如万马奔腾。人们还在兴奋地高呼，却忽然见年久失修的堤坝破了一个口子。随即，整条堤坝被摧毁了，海水奔腾而下，卷走了堤坝上的人群。

那海水冲破堤坝之后，如脱缰的野马一样，在田野奔涌，在乡村肆虐。潮水声中，不断地传来人们的哀号声，可是那些声音实在太弱小了，实在太苍白无力了。

就这样，钱塘潮一泻千里，带走了无数人的生命，淹没了无数即将收获的庄稼，冲垮了无数房屋。在阵阵求救声中醒过神来的当地官府，连忙手忙脚乱地组织营救。可是，因为长期以来放松了警惕，也因为从未见过如此凶猛的潮水，所有人都战栗发抖，所有人都一脸茫然，不知所措。

奔腾的潮水一路高歌，直扑富庶繁华的杭州城。令人没有想到的是，就在即将接近妈祖庙时，那潮水像突然被人点了穴一样，止住了，不再往前奔涌了。这下，惊慌失措的百姓才醒悟过来，是啊，这儿有一座妈祖庙啊，为什么不请求妈祖娘娘来保佑大家，喝退潮水呢？

于是，成千上万的百姓齐刷刷地跪倒在了妈祖面前。领头的官员磕头祈求道："妈祖娘娘救命啊，妈祖娘娘救命啊！求求您显显灵啊，显显灵啊！"身后的百姓也跟着呼喊着妈祖的名字。一时之间，求救声多了起来，大了起来，后来，那声音竟然盖住了潮水的声音。

过了一会儿，忽然有一个人大声喊道："大家快看啊，妈祖娘娘来了，妈祖娘娘真的救我们来了!"大伙儿连忙抬头仰望天空，只见云端传来阵阵悦耳的仙乐，接着便见一红衣女子飘然而至。

是的，妈祖来了!

妈祖低头看了看正在平原上肆虐的江水，伸出右手这边点点，那边点点。忽然，潮水的声音再次响起，不过这回倒流回去了，往大海去了。官员见潮水退去了，顾不得感谢妈祖，连忙命令大伙儿抓紧时间抢救落水之人。

人们擦干眼泪，投入到热火朝天的抢救工作中去了。人们有的负责救人，有的负责抢收粮食，有的负责装沙袋，有的负责抬石头，有的负责挑土……等他们再次抬头看时，却发现妈祖娘娘早已远去。

修好堤坝之后，当地百姓纷纷捐款，重修妈祖庙。重修后的妈祖庙规模更大了，金碧辉煌，气势恢宏。百姓们说，有了妈祖娘娘的守护，再也不用怕潮水不听话了。

东南沿海一带，除了天灾，还有人祸，更可怕的是海盗，比如明朝时的倭寇。那时候，倭寇长期盘踞海上，一有机会便窜到陆地，大开杀戒，大肆抢夺。倭寇一次又一次地骚扰我东南沿海百姓，渐成大明王朝的一个心腹之患，不得不除。

皇帝震怒，在朝中挑选出了一位得力干将吕德，任命其为平倭大元帅，亲临东南沿海，不平倭患，不得还朝。吕德乃一

第十四章 济万民慈航普度

员猛将,熟悉海战,经验丰富,而且武功高强,足智多谋,是平倭的最佳人选。吕德领命之后,不敢耽误,马不停蹄地赶到了莆田。

吕德来到莆田之后,不动声色,悄悄地派出侦查人员,了解倭寇的行踪、兵力以及行动规律等。很快,吕德就摸清了倭寇的底细,也制订出了科学缜密的作战计划,只等挑个良辰吉日,便可一声令下,直捣敌巢了。

就在这个时候,倭寇竟然派来了一名"谈判使者"。说是"谈判使者",其实就是前来贿赂吕德的。原来,倭寇在朝中有眼线,他们早就知道吕德到了莆田。得知吕德乃一员虎将,可不是之前那些平庸之辈之后,倭寇的头子害怕了。他们想收买吕德,希望吕德能网开一面,睁一只眼闭一只眼,与其上下串通,一起渔利。

明白"谈判使者"的来意之后,吕德大为恼火,拍案而起道:"大胆倭寇,我乃大明王朝堂堂正正的平倭大元帅,要我与尔等沆瀣一气,坑害百姓,做梦!来人啊,将此人拉出去斩了,为我大军祭旗。"

2

"谈判使者"被斩杀了,倭寇头子知道吕德不是善茬,双方必有一场血战。于是,倭寇也磨刀霍霍,随时准备与吕德开战。

没想到,一向身体很好的吕德竟然病倒了,而且病情非常严重。帐下将领们请来无数郎中,可是他们不但查不出病因,更不知该给吕德服用什么药物。几天之后,吕德便下不了床了。万分悲痛的吕德,躺在病床上疾呼道:"老天不公,老天不公啊,想我吕德戎马一生,杀敌无数,竟然也落得'出师未捷身先死'之下场,呜呼哀哉……"

就在众人束手无策,担心吕德一死,将群龙无首,剿匪大计或将搁浅之时,忽然从帐外闯进一名年轻的红衣女子。那红衣女子手上拿着一粒药丸,递给吕德,道:"大元帅,请您服下这粒药丸,保证药到病除,助你剿灭倭寇,凯旋班师。"

说完,那红衣女子微微一笑,转身走出军帐,一会儿便消失得无影无踪了。

只能死马当成活马医了。吕德想都没想,就拿起药丸丢进嘴里,咽了下去。果然是灵丹妙药,那药丸下肚之后,一会儿的工夫便起作用了。吕德觉得肚子隐隐作痛,嘴里咸咸的,涩涩的,突然"噗"的一声,吐出一口黑血来。吐出黑血后,吕德觉得身体轻松多了,也畅快多了,连忙从床上爬起来,在帐

第十四章 济万民慈航普度

中走动。嘿,还真好了!

这时,吕德才猛然想起来,刚才那名红衣女子怎么长得特别像湄峰妈祖庙里的神女?旁边一位当地向导笑着说:"大元帅,别怀疑了,刚才那名红衣女子就是妈祖娘娘,是她下凡赐药,把您治好的。"

吕德心头一震,精神焕发。他连忙召集全军将士,将妈祖下凡赐药的事情告诉了大伙儿。

吕德说:"将士们,苍天在上,妈祖娘娘赐我神药,这是要助我军一举荡平倭寇啊!"

听着大元帅的慷慨陈词,将士们斗志昂扬,浑身充满了力量。吕德见时机成熟,连忙按照之前制订好的进攻计划,下达了作战任务。领命之后的将士们一个个如下山猛虎,驾着战船,高呼着口号,朝倭寇老巢冲去。

倭寇一触即溃,胡乱应付了半个时辰,便全部缴械投降了。大明将士大获全胜,消息传来,湄洲湾百姓就像过年一样高兴。

班师回朝后,吕德受到了皇帝的嘉奖。吕德想向朝廷报告妈祖的恩德。不过,当天晚上,吕德做了一个梦,梦里妈祖告诉他:"本座下凡赐药,乃遵观音大士之命所为,本座不敢居功。"后来,吕德再次来到莆田,并带来一大笔钱,在湄峰妈祖庙旁边,兴建了一座观音堂。

湄峰飞仙后,每逢百姓遭灾遇难,妈祖都会显灵前来相助。不管你身在何方,只要疾呼妈祖的名字,顺风耳就会将险情告知妈祖,妈祖便立马腾云驾雾而来。受妈祖恩惠的人多了,妈祖庙也就多了。

不过应该在什么地方修建妈祖庙呢?或者说妈祖娘娘喜欢住在什么地方呢?凡夫俗子无法与妈祖通话,怎么办?不用着急,妈祖自己会告诉你的。这是怎么回事?

莆田城南边约六十里处,有一个镇子,名叫枫亭。枫亭的地理位置非常险要,对外可以直入大海,对内可以连接大江,是一个重要的、大型的交通枢纽。经过几百年的经营,枫亭成了一个人口众多、经济发达的小镇。

有一天,几个年轻后生在河边闲逛,忽然见上游漂过来一个金光闪闪的东西。众人揉了揉眼睛,定睛一看,原来是一个铜炉。这铜炉闪着金光,肯定是个宝物。于是,几个年轻人连忙下河,把铜炉打捞起来,并搬回了家。

当天晚上,全镇人都做了同一个梦。梦里,一名着红衣、梳帆髻的年轻女子对他们说:"我乃湄洲湾贤良港女子林氏默娘,想到此地安居,保佑百姓。白天,河里漂着的那个铜炉,是我送给你们的,建庙的时候能用得上。你们不可私藏,更不可据为己有……庙建好后,我自然会时时前来。"

人们早就听说了妈祖娘娘的大名,醒来后,连连惊呼神奇。第二天,村民们结伴来到那几个年轻后生的家中,要他们交出铜炉,准备修建妈祖庙。

第十四章 济万民慈航普度

年轻后生也做了那个梦,他们不敢怠慢,连忙小心翼翼地抬出了铜炉。那么,妈祖庙该建在什么位置呢?几位族长经过认真的商讨之后,认为那铜炉被年轻后生打捞起来,说明铜炉与枫亭有缘分,要是没有人下河打捞,说不定铜炉就漂到其他镇子去了。妈祖庙的位置,选在铜炉被打捞上岸的地方,准没错!这个说法得到了人们的一致赞同。

妈祖庙破土动工之后,全镇百姓纷纷自发前来帮忙。竣工时,当初下河的几名年轻后生恭恭敬敬地把铜炉抬进了妈祖庙。据说,直到今天,那个铜炉还静静地安放在枫亭妈祖庙中。

3

在人间生活时的妈祖,自幼酷爱读书,对读书人非常推崇。后来,又因为阿哥林洪毅不幸死于海难,没能实现他金榜题名、报效国家和百姓的宏图大愿。所以,妈祖见不得读书人受苦受罪,只要机缘恰当,她总要伸出援手,拉一把有缘之人。

大明嘉靖年间,漳州府漳浦县寒士林士章经过十几年的寒窗苦读,终于成为远近闻名的饱学之士。这年,他七拼八凑,终于凑齐了进京赶考的盘缠,便匆匆辞别妻子,北上应试。

林士章一路风餐露宿,马不停蹄。这天,来到惠安县境内,林士章忽觉困乏,见路旁有一座妈祖庙,便走了进去,准备歇歇脚。

吃了点干粮,喝了点水,林士章开始端详起庙里的妈祖神像来了。想到自己苦读半生,此次赶考肩负着家人期盼,要是名落孙山可如何是好?于是,林士章在妈祖神像前跪了下来,双手合十,虔诚地许愿道:"妈祖娘娘保佑,如学生能得偿所愿,金榜题名,一定为您重塑金身,并移座前香火至漳浦。"

离开妈祖庙,林士章继续赶路。行至一小石桥边,迎面来了一年轻女子,林士章连忙侧身,站在一旁,给女子让路。只见那女子来到林士章面前时,忽然问道:"公子可是进京赶考的士子?"

林士章拱手道:"正是。"

"那定是饱学之士,满腹经纶了。"

林士章谦虚道:"不敢当,不敢当,小生粗通文墨而已!"

女子浅浅一笑,道:"公子,小女有一副对联苦思良久,难觅下联,不知公子可否赐教?"

"小生斗胆一试!"

"有劳公子了!"女子欠身,低头看着自己的绣花鞋,"鞋头梅花,朝朝踢露,花难开。"

林士章一惊,这联可不好对啊!他连忙开动脑筋,搜肠刮肚地冥思苦想起来,可是无论他怎么想,就是想不到好的下联。

见林士章脸红到了脖子根儿,额头渗出了粒粒汗珠,女子连忙安慰道:"不忙,公子,暂时没有绝佳下联,没关系。咱们

第十四章 济万民慈航普度

还会再见的,到时候您再告诉我便可。"说完,她便匆匆离开了。

林士章深感被一乡野女子难住了,实在是脸上无光啊,无论如何也得把下联对上。就这样,林士章一边赶路,一边苦苦思索下联。可遗憾的是,直到林士章走进科举考场,他也没能对出那女子的下联。

幸运的是,林士章并没有被这件事情影响心情,考场上的他发挥得非常好,终于一举考中了进士。

这天,是当朝皇上亲自主持的殿试。皇上看了看林士章,高兴地说:"你的应试文章写得非常好,几乎挑不出什么毛病来,的确是我朝难得的才子。朕这儿有个上联,你且对来听听!"

又是对对联,林士章心里咯噔了一下,情不自禁地想起了那个让他感到惭愧的女子。可皇上要你对,你还能拒绝吗?只得硬着头皮试一试了。

皇上轻摇扇子,吟道:"扇中柳枝,日日摇风,枝不动。"

林士章心里又咯噔了一下,这不就是自己苦吟不得的下联吗?正好可对惠安所见那名女子出的上联。当然,林士章知道这联不是自己想出来的,但又不得不对,于是思忖片刻后,小声道:"鞋头梅花,朝朝踢露,花难开。"

皇上一听,顿时愣住了。多么工整的下联啊!"鞋头梅花"对"扇中柳枝","朝朝"对"日日","花难开"对"枝不动",

简直就是天衣无缝的绝对啊！不过，林士章这下联显得小气了一些，满是脂粉气，不能点为状元郎。就这样，殿试中林士章凭一副下联夺得了探花。

后来，皇上恩准林士章返乡。林士章一刻也不想在京城停留，连忙骑上快马，朝着南方飞奔。他想尽快赶回惠安，找到那名女子，当面感谢她。可是，哪里还能寻着那女子的踪迹？

没有找到那名女子，林士章便来到了惠安妈祖庙，叩谢妈祖娘娘，并兑现自己当初的诺言。林士章行完跪拜礼之后，缓缓抬头，忽然发现了妈祖娘娘脚上穿的是绣花鞋，上面绣着几朵梅花；再往上看，又发现那出上联的女子的面相竟然与妈祖娘娘有几分神似。难道说……

林士章这才恍然大悟，原来那名女子就是妈祖娘娘变的，特意给他送来一联，助他高中的啊！林士章泪流满面，连忙再次跪下，重重地磕了三个响头。

林士章将惠安妈祖庙的香火请到了自己的家乡漳浦，并为妈祖塑了金身，建了庙宇。从此，漳浦大地有了妈祖庙，这里的百姓有了妈祖娘娘的庇佑。几百年过去了，漳浦妈祖庙的香火始终很旺盛。

第十五章

护航船海不扬波

1

北宋徽宗年间,北方的大金国兵强马壮,屡屡南下骚扰大宋军民,抢占大宋的领土。为了扫除边患,收复北方的大片国土,宋徽宗决定采取"远交近攻"的军事策略,联合位于大金北边的高丽国,南北夹击大金。北宋宣和五年,即公元1123年,宋徽宗任命路允迪为大使,前往高丽国,说服高丽国主与大宋联手抗金。

当时,北上的陆路已被大金切断,路允迪的使团只能从水路出发,前往高丽。使团规模非常庞大,共有八艘高大的官船。官船由福建负责建造,建好后直接从福州港出发。路允迪一行抵达福建后,按照惯例,要先拜拜海神,请海神保佑大伙儿一路顺风,平安往返。

不过,在应该拜哪位海神的问题上,众人出现了分歧。有的认为应拜观音,有的认为应拜龙王,也有的认为应该拜玉皇大帝……路允迪虽为北方人,却也听说过妈祖娘娘的威名,因此他主张到湄洲岛拜妈祖。

众人争执不下,谁也说服不了谁。路允迪说:"好了,既然大伙儿各执己见,我看这样,各拜各的神灵。"众人觉得有道理,便各自去拜了他们心目中认为最灵验的神灵。

从湄洲岛回到福州后不久,官船便造好了。路允迪怀揣徽宗皇帝的密旨,带着众人,分别登上八艘大船。使团浩浩荡荡地驶入东海,朝高丽国而去。

此番前往高丽国,路允迪肩负光荣使命,责任重大,因此一路上,他始终愁眉不展,冥思苦想着该如何说服高丽国主。不知不觉间,船队已经远航了三天,驶入了大海的深处。此时为深秋季节,按理来说即便有风浪,也不会太大,况且连日来海上一直风平浪静,没有遇到什么危险。因此,人们便慢慢放松了警惕,心情也开朗了许多。

可是,风浪就在人们不经意间降临了。天空中乌云密布,海上波浪翻滚,狂风呼啸,骤雨狂扫。刚开始,人们并没有太在意,因为他们乘坐的官船是当时世界上最先进的大船,吨位重,吃水深,一般的风浪是奈何不了的。

没想到,海风越来越大,浪头越来越高,更要命的是海上又出现了大雾,八艘大船辨不清方向,还没被风浪击倒,倒先互相撞了起来。众人吓坏了,连忙跪在船头,祈求各自心目中的神灵显灵前来相救。遗憾的是,神灵好像没有听见他们的祷

第十五章 护航船海不扬波

告一样,风还在肆虐,雨还在倾泻,浪还在咆哮。

顷刻之间,七艘官船被风浪掀翻了,无数人落入水中,眨眼就没了踪影。路允迪高喊道:"妈祖娘娘,请您快快显灵相救。如果此次能够顺利脱险,我一定禀报当朝皇上,为您褒封赐匾。"话音刚落,路允迪便见自己的船头立着一名红衣女子,正在指挥着几个神仙救助落水的官员。

八艘船,翻了七艘,独独自己乘坐的这艘安然无恙。路允迪想:妈祖娘娘有如此神通,果然不是一般的海神。

妈祖走了,风停了,雨住了,浪息了,人救上来了。得救的人纷纷跪在甲板上,朝着妈祖娘娘远去的背影,磕了无数个头。接下来的旅程中,使团再也没有遇上任何风险,终于平安抵达高丽国,又顺利返回大宋。

回到朝廷,路允迪向皇上汇报完出使任务后,还详细地描述了妈祖娘娘显灵救人的事情。徽宗皇帝听完,大为震惊和感动,当场挥笔题下了"顺济"两个大字,并命人马上做成匾额,悬挂在湄洲岛妈祖庙中。

2

其实,有史记载的第一位册封妈祖的皇帝是南宋高宗赵构。南宋高宗绍兴二十五年,即公元1155年,这年的端午节前夕，兴化白湖村的百姓正热火朝天地忙着打扫房屋、包粽子、训练龙舟队，准备迎接佳节的到来。谁也没有想到，节日的热闹氛围马上就要被一场灾难所破坏。

村里的郎中赵大爷刚吃过午饭，准备休息一会儿，忽听门外传来一阵哭声。赵大爷披上衣服，来到门外，见是村东头的阿鹏跪在地上痛哭。

赵大爷连忙拉起阿鹏，问道："你这孩子，这是怎么了？"

"大爷，您快去看看吧，我阿爸快不行了！"

"走，走！"赵大爷一听，急了，连忙转身背上药箱，跟着阿鹏往村东头走去。

来到阿鹏家，只见阿鹏的父亲林登义面色蜡黄地躺在床上。原来，林登义从早上开始就上吐下泻，浑身没有一点力气，此刻正躺在床上，鼻孔只有出的气没有进的气了。

赵大爷以为是食物中毒，连忙给林登义开了几服止泻药。可是，林登义喝下药汤后，丝毫不见好转，黄昏时竟一命呜呼，撒手人寰了。

更大的悲剧还在后头，第二天，村里竟然有超过一半的人起不了床了，不是吐泻不止，就是腹痛难忍。整个村子笼罩在一片恐怖的气氛中，到处传来撕心裂肺的哭声。赵大爷猛然一惊，难道这是瘟疫？

就在这时候，官府也得到了消息。为了防止瘟疫进一步蔓延，官府派来一队士兵，将白湖村百姓出村的路口拦住了。赵

第十五章 护航船海不扬波

大爷明白,官府束手无策,只能让白湖村百姓自生自灭了。

绝望中的白湖村百姓,在赵大爷的带领下,一起来到村里的妈祖庙,跪求妈祖娘娘解救病痛中的百姓。晚上,大伙儿都回家去了,赵大爷还跪在妈祖神像前。不知什么时候,赵大爷睡着了。梦中,一名红衣女子来到赵大爷面前,说:"不用着急,我是湄洲林默娘。在附近海边不远的地方,有一块圆形巨石,石下有甘泉,泉水可治瘟疫。"

赵大爷醒后,顾不上天黑,连忙叫上几个小伙子来到海边,找到了巨石。人们搬开巨石,果然看见一眼清泉汩汩而出。赵大爷大喜,让小伙子们挑上几担泉水,赶紧回村,让乡亲们喝下。村民们喝下那泉水,不到一刻钟就止住了腹疼,止住了吐泻,真是奇了。

有了妈祖娘娘的指点,白湖村的村民战胜了瘟疫,端午节的龙舟赛如期举行。官府得知这一喜讯后,也深感震惊,连忙给皇上上表,请求褒封妈祖娘娘。第二年,高宗皇帝下诏书,敕封妈祖为"灵惠夫人",这是妈祖受到的第一个官方敕封。

自那以后,一直到清代,妈祖共受到历代帝王的三十六次褒封,爵位从"夫人""妃""天妃",直到"天后圣母",封号从两个字加到六十四个字。清朝时,妈祖还被列入国家祀典,进行春秋祭祀,与孔子、关公一道,接受地方官员的三叩九拜大礼。可见不管是民间还是官方,都十分推崇妈祖惩恶扬善、济世救民、镇海安邦的品德和精神,妈祖成了人们心目中至高无上的海上女神。

3

漕运，指的是我国古代通过水道（水道不通时，也用人力或畜力）运送粮食等大宗、笨重物品的一种专业运输方式。至元朝时，我国的漕运已经非常发达了。

元朝天历年间，皇上下了一道圣旨，要求江浙一带马上准备一批粮食，火速运往大都。这个时候刚刚开春，海上台风较少，行船比较安全，的确是漕运的最佳时间。接到命令后，当地官员不敢马虎，马上着手筹集粮食，维修运粮的官船，选派得力干将负责押运。

一切准备就绪后，选了个好日子，押运漕粮的队伍便出发了。船队先走河道，沿长江而下，进入东海，再扬帆北上。刚开始，还有不少盗贼打算劫漕粮，后来见官船之上站着很多全副武装、威风凛凛的士兵，便早早地打消了这个念头。要知道，漕粮是国家重要的战略物资，要是丢了，还不得脑袋搬家啊？所以，每一个负责押运的人都严阵以待，不敢有丝毫松懈。

进入东海之后，大伙儿稍稍地松了口气。春风和煦，海波平静，浪花飞舞，海鸟低吟，多么令人陶醉的一幕啊！照这样，用不了一个月，这批粮食就能安全运抵大都。到时候，朝

第十五章 护航船海不扬波

廷要是一高兴，说不定还能表彰押运人员呢！

可是，不知道从哪天开始，海上的一切都变了。还没等押运人员做好心理准备，狂风就来了，海浪在狂风中呼啸，就像一头头猛兽一样，朝官船扑过来。这时候，漕粮可比命都重要啊，要是官船翻了，漕粮落入海中，即便捡了一条命回来，也得被朝廷砍头啊。因此，全体押运官兵如临大敌，一边保护漕粮，一边与风浪搏斗。

天黑了，风浪终于小了一点儿，人们不禁在心中默默祈祷：老天爷啊，明天可别再起大风大浪了啊！

可是，第二天，风浪还是来了，而且比昨天还要大。虽然很累，很危险，可当官的下了一条死命令：保不住漕粮，就集体跳海。全体官兵只得打起精神来，继续与风浪战斗。

好像故意逗人们玩一样，歇了一个晚上之后，第三天上午，风浪又一次降临。全体官兵连声叫苦，再这样下去可就真的坚持不住了。可又有什么办法呢？还能真去跳海啊？

第四天，第五天，第六天……风浪一次比一次猛烈，人们一天比一天劳累。直到第七天，全体官兵再也顶不住了，他们放弃了：既然天要灭了我们，一切都随他去吧！人们扔了手中的工具，一屁股坐在船上，双眼迷茫地望着前方，好像在等待死神的降临。海上的风浪见官兵们投降了，便更加肆无忌惮，一次又一次地把官船抛向了浪尖。

迷蒙雨雾之中，人们忽然感觉官船不再颠簸摇晃了，怎么回事？原来，一名身穿红衣、头戴神冠、手持玉如意的女子亭亭玉立于最大的那艘官船船头上，船立马平稳下来了，其余船只也一下子平稳了。

不知谁大喊道："那……那是妈祖娘娘！太好了，太好了，是妈祖娘娘来救咱们了！"

全体官兵这才反应过来，连忙朝着妈祖磕头拜谢。妈祖扬起手中的玉如意，朝着四周轻轻一划，便见那风雨、海浪一下子就偃旗息鼓了。妈祖又将玉如意往天上一挥，只见团团乌云迅速隐去，一轮红日绽放出万丈金光，哇，天晴了！

人们目瞪口呆，为妈祖的神通广大而感到震惊。这时，妈祖转过身来，开口道："诸位放心远航，此去大都不会再有风浪之患。"说着，便踏着祥云，缓缓地飞走了。

后来，押运队伍果然没有再遇上风浪，平安地抵达了大都。皇上得知海上发生的一切之后，对妈祖护航之举赞誉有加，并拨下专款，用于各地修缮妈祖庙。

4

众所周知，每年的7月11日是我国的航海日。航海日的设定，是为了纪念我国明代伟大的航海家郑和。明朝初期，郑和曾七次下西洋，远航至西太平洋和印度洋，沿途拜访了三十多

第十五章 护航船海不扬波

个国家和地区。郑和船队的远航，规模之大，航程之远，范围之广，都是当时世界上空前的，比欧洲早了半个多世纪。

郑和下西洋是世界航海史上的一次壮举，是古代"海上丝绸之路"最壮美的篇章。它极大地推动了大明王朝的海外贸易事业，给政府带来了巨大的经济效益；它在各国之间架起了一座交流与沟通的桥梁，加强了东西方文明之间的互相了解和交流。

说起来，妈祖在郑和下西洋的壮举中，也立下过不少功劳呢！当年郑和下西洋所到之处，如今大多建有妈祖庙。郑和与他的同行们将妈祖信仰和妈祖精神传播到了海外，树立了和平友好的良好形象。

每次下西洋之前，郑和都要率领船队虔诚地朝拜妈祖，祈求妈祖保佑航行顺利，一路平安。

大明永乐三年，即公元1405年，郑和第一次下西洋。当浩浩荡荡的船队行至广州港外时，天空突然乌云密布，遮天蔽日，海面上狂风骤起，随即电闪雷鸣，大雨如注。突如其来的风雨雷电，使得船队一下子就迷失了方向。风雨卷起几层楼高的海浪，一次比一次猛烈。船上已有不少货物在颠簸中落入大海，船上的人更是吓得哇哇大叫。眼看着航船就要倾覆，船队中的福建水手连忙来到郑和身边，请求郑和亲自向天妃娘娘祈祷。

郑和连忙跪在船上，朝天三拜，道："天妃娘娘，郑和奉命南下西洋，不料却遭风浪围困，危在旦夕。郑和一人死不足惜，只恐有负皇恩，无颜面对父老，恳请天妃娘娘出手相助，郑和感激涕零！"

郑和刚祷告完毕，忽闻天上仙乐阵阵，一阵香风拂面而来。接着，一红衣女子驾着祥云飘然到来，身后跟着一名提着红灯笼的绿衣女子。两位神仙在天空中飞了一圈，就见那海面马上风平浪静了，叫人难以相信自己的眼睛。

后来，船队来到今天印尼爪哇一带，不幸遇上了一群海盗。船上的大明将士虽奋勇抵抗，却因没有后援、不熟悉当地海情，渐渐觉得越来越吃力了。情况紧急之时，又得天妃娘娘相助，击退海盗，保船队安全离开。

永乐五年（1407年），郑和率船队回国，完成了第一次航行任务。郑和迫不及待地把天妃护航之事，如实向皇帝禀报。永乐皇帝龙颜大悦，立即下令敕封天妃为"护国庇民妙灵昭应弘仁普济天妃"，并划拨专款修缮南京和泉州两地的天妃宫。永乐皇帝还规定，从此以后，凡是代表官方出国的使者，都必须先到天妃宫祭拜。

还有一次，郑和的船队从苏州刘家港出发，来到福州闽江口时，忽然恶浪滔天，风暴汹涌。虽说此时船队离陆地不远，可是大雾弥漫，很难辨清方向。怎么办？得赶紧找到避风港才行啊！

众人茫然之时，忽然听见天上传来一个声音："吴航头——

第十五章 护航船海不扬波

吴航头——快到吴航头——"

"是……是天妃娘娘的声音!"船上的闽籍船员连忙大声叫道。可是吴航头是哪儿呢?没有人引航,还是无法脱险啊!

郑和来到船头,跪下祈祷:"天妃娘娘,请您显圣,带领船队前往吴航头……"

话音未落,就见江面上出现了一艘小船,船上立着一位红衣女子。小船在前面领航,后面随即出现了一条宽阔而平静的水道,刚好容下官船通行。郑和大喜,连忙命水手们掉转船头,跟着红衣女子进港避风。

这次回朝后,郑和请旨在今天的福州长乐城内立了一块"天妃灵应碑"。后来,这块碑被世人称为"郑和碑"。

像这类妈祖显灵护航、驱贼的故事,在郑和下西洋的二十八年中,发生了无数次。郑和船队一路乘风破浪,把妈祖的故事传播到他所到达的每个地方。

第十六章

海上丝路和平女神

1

南宋理宗年间,东海之上出现了一群海贼,为首者为陈长五兄弟。他们仗着自己是本地人,熟悉当地海情,在大海之上拦截商船,骚扰渔民,无恶不作。

陈长五之患使得东南沿海民怨沸腾,人人说起这群海贼,均恨得咬牙切齿。后来,此事惊动了朝廷,理宗皇帝大怒,调派一名姓王的将军,前往福建,镇压海贼。

由于王将军是北方人,对海战不甚了解,加上海贼奸诈狡猾,诡计多端,官兵们出海多日,却寻不到海贼的踪迹,英雄无用武之地。后来,王将军听说湄洲岛的妈祖娘娘是著名的海神,神通广大,曾多次帮助官兵剿灭海盗。于是,他便带着手下来到湄洲岛妈祖庙祭拜,请求妈祖助战灭贼。

王将军跪在大殿之上,朗声道:"妈祖娘娘,下官领兵来闽,却始终不见贼寇踪影,恳请妈祖娘娘相助。如能一举荡平

第十六章 海上丝路和平女神

贼寇，日后下官定奏请圣上，褒封妈祖……"

陈长五虽说为非作歹，嗜杀成性，却对海神妈祖很是敬畏。没想到，他们也要到妈祖庙来祈祷。这天深夜，陈长五带着几名手下偷偷溜到了湄洲岛妈祖庙。跪拜一番后，陈长五端起桌上的签筒，要求签。可是，不管他怎么摇动签筒，里面掉出来的都是下下签。如此重复几次之后，陈长五恼羞成怒，"哗啦"一声就把签筒重重地扔在了地上。

陈长五还觉得不够解气，一把脱下衣服，全身赤裸只剩一条裤衩，躺在地上，以此向妈祖示威。他的手下也纷纷效仿，恶意亵渎神灵。

后半夜，忽然一阵海风刮进大殿，几根蜡烛落地，点燃了旁边的帷布。又一阵风吹来，砰的一声，把大门紧紧地关住了。火光中，陈长五等人惊醒了，他们慌忙爬起身来，要打开门逃走。可是，不管他们怎么用力，那门就像被人从外面锁上了一样，怎么也打不开。

没过多久，熊熊大火就把陈长五等人包围了。山下军营里的王将军见山顶的妈祖庙起火了，还听见一阵鬼哭狼嚎般的叫喊声，便连忙带着一群官兵上山救火。就这样，海贼陈长五等人束手就擒了。

贼王落网了，剩下的小喽啰哪里还能挡得住官兵们的猛烈进攻，不消半天时间，官兵们便把海贼打得七零八落，死的死，伤的伤，降的降。

陈长五一伙海贼的落网，给其他蠢蠢欲动的海贼以沉重的打击。自此，海上终于恢复了往日的安宁。

在给朝廷的捷报中，王将军多次提及湄洲岛妈祖娘娘在灭贼战斗中的种种功绩。皇帝知道后，下旨敕封妈祖为"灵惠显济嘉应善庆妃"，并拨白银万两，用于重修湄洲岛妈祖庙。

妈祖下护黎民，上保国家，外御侵略，内除贼寇，是保家卫国的和平女神。在祖国统一的进程中，妈祖从未缺席，其中最著名的例子，就是传说中的帮助施琅收复台湾。

清康熙二十一年（1682年），清政府在平定"三藩"之后，决定一鼓作气，收复被郑经、郑克塽父子割据多年的宝岛台湾。康熙皇帝任命施琅为福建水师提督，率领大军攻打郑军。

当年秋天，施琅将军率领大军驻扎在莆田平海，等待季风。此时的平海正在闹旱灾，河流断流，井水枯竭。没有水喝，这可是大事，几万将士得不到补给，又谈何出海杀敌？施琅将军很是着急，急忙命令将士们千方百计地挖井取水。

三军齐出动，到处找水源。可是，不管人们怎么努力寻找，不管挖得多深，就是找不出一滴水来。一连五天过去了，军营中开始有人交头接耳，嘀嘀咕咕，甚至有人公开议论退军。

施琅将军知道，此时万万不可退军。眼看季风就要来了，如果退军，就得再等上一年。因此，当务之急是找到水源，解决几万名将士的喝水问题。为了提振士气，施琅将军决定亲自出马，寻觅水源。

第十六章 海上丝路和平女神

有一天,一名当地的老渔夫找到施琅将军,说:"将军,平海天妃庙里原有一口古井,旧时水量充沛,够一村子人饮用。开国之初,官府把那井填上了。时隔多年,村里已无几人知道那口古井,更不知是否还能掘出水来!"

施琅将军一听,大喜道:"太好了,老伯,您还能找到那口古井吗?麻烦您带我去看看!"

老伯欣然应允,带着施琅将军一行来到了天妃庙,并顺利找到了那口古井。只见天妃庙的东南角堆着一堆巨石,老伯指着石堆,说:"施将军,那巨石之下就是古井。"

将士们面面相觑,不以为然。有人说:"将军,这古井即使真的能挖出水来,也不够解我三军将士之渴啊!我看还是别忙活了吧!趁将士们还有口气,咱们赶紧退兵吧!"

"大胆!"施琅将军一听这话,突然震怒道,"以后谁要再敢轻言退兵,格杀勿论!此事上应天意,下顺民心,天命所归,民心所向。如今,又有天妃娘娘护佑,定能出师顺利,所向披靡。"

见将士们纷纷低下了头,施琅将军也缓了缓口气,继续说道:"好了。众将士听令,现在请随我一道去跪拜天妃娘娘,请天妃娘娘赐水,助我三军度过这场旱灾吧!"

将士们不敢多言,与施琅将军一起来到天妃神像前,跪倒磕头。施琅将军祈祷道:"天妃娘娘在上,下官奉皇命前来宝地驻扎,不日将挥师入海,东讨郑军,不巧遇上大旱,三军缺水。还请天妃娘娘赐水……"

接着,一行人重新回到石堆前,施琅将军挽起袖子,带头搬开石块,清理古井。将士们不敢怠慢,连忙上前帮忙。经过半天的努力,中午时分,人们终于看见从古井里冒出水来了,而且那水还不小,汩汩而出,清澈极了。

有人迫不及待地舀起一瓢井水,一边咕咕咕地喝着,一边惊喜地叫道:"好,好水,好甘甜的井水啊!"再看那井水,不停地往上涌,一会儿的工夫,就与井沿齐平了。

施琅将军见状,忙令人取来水桶,将井水挑回军营。令人奇怪的是,水一桶一桶地打上来,又一担一担地挑走,可古井的水位一直不曾下降。人们纷纷惊叹,都说果然是天妃娘娘显灵,给三军将士送来甘泉啊!

喝着天妃娘娘恩赐的泉水,三军将士喜笑颜开,手舞足蹈,退兵的念头一扫而光,而且信心百倍,斗志昂扬。最高兴的当属施琅将军了,他想:天妃娘娘显圣,赐泉济师,三军士气大振,此乃吉兆啊!

几天之后,海上果然如期刮起了季风。施琅将军一声令下,三军将士扬帆下海,朝着澎湖进发。

回到京城后,施琅将军奏请康熙皇帝重修莆田平海天妃庙,并重塑天妃娘娘金身,康熙皇帝均一一同意。为了表彰天妃娘娘赐泉济师之功德,施琅将军将那口古井命名为"师泉井",还亲笔题写了"师泉"二字,命人刻于石碑之上,立在古

第十六章 海上丝路和平女神

井旁边。除此之外,施琅将军还亲笔撰写了一篇《师泉井记》,也刻在了石碑之上。

2

两年之后,施琅将军再次率军东征。

澎湖列岛是台湾岛的天然屏障,战略地位极其重要。要想顺利收复台湾,清军的首要任务就是突破澎湖列岛,然后将澎湖列岛作为大军的基地,在此修整和补给,并伺机重新组织对台湾本岛的收复战斗。

割据台湾的郑军,更明白澎湖列岛的战略作用,早早地就把老将刘国轩调到了澎湖岛上,由其全权指挥防御。为了守住澎湖列岛,郑军还不断地往海上增兵,以消刘国轩的后顾之忧。

在季风的作用下,清军很快抵达澎湖岛外围。不过,因为时值小潮,清军的战船无法靠近登陆。双方只能远远地对峙,或者用炮击。清军毕竟是远途作战,在火力补充上远不及郑军方便快捷。而且,刘国轩为郑军老将,绝非等闲之辈,其运筹帷幄、临阵指挥之能力绝不容小觑。如果不能与郑军面对面地较量,清军就没有任何优势。因此,苦战了六天六夜,清军还是无法攻下澎湖岛。

这时候,船上的淡水和粮食也快用光了,军中将领有人提出退兵的请求。施琅将军认为：此时退兵，则前功尽弃，且敌人如果得到了喘息的机会，会抓紧修建防御工事，并增加防御力量，到那时候要想再攻下澎湖，就更难上加难了。可是，不退兵又该怎么办呢？

想起上次妈祖赐泉济师的事，施琅将军连忙在阵前召开紧急军事会议。会上，施琅将军慷慨陈词："众将士，此次大军攻澎湖，不料遇上小潮，大船无法靠岸，我军只能干着急，被动挨打。妈祖娘娘曾帮助过咱们寻找泉水，这次为什么不再请妈祖娘娘显灵相助呢？"

"对，对，有了妈祖娘娘的保佑，我们一定能攻上澎湖岛的。"众将士异口同声地回答。

施琅将军连忙命人请出妈祖神像，置于高处。原来，每艘战船上都供奉着妈祖神像。施琅将军领着众将士，齐齐地跪在甲板上，山呼"妈祖显灵"。

片刻后，只见海面上突然洪波涌动，风也大起来了。"涨潮啦！涨潮啦！妈祖娘娘显圣啦！"人们大喊道。施琅将军来到船舷边，往下一看，海水至少涨了两尺，并且还在不断地上升。

施琅将军兴奋极了，觉得时机已经成熟，连忙命令大军一鼓作气，奋力进攻。顿时，三军将士如有神助，阵阵喊杀声冲破云霄，战船也如离弦的箭一般冲向澎湖岛。

就在两军短兵相接，打得难解难分之时，海滩上忽然红光一闪，奇香四溢。施琅将军大呼："将士们，妈祖娘娘来啦！给我冲啊！"有人发现，身披铠甲的清军阵营中，竟突然多了五位身穿红衣、蒙着脸的少女。那几名少女武艺高强，直杀得郑军连连后退。还有人看见五名少女又立在船头，双手卷起巨浪和狂风，朝岛上的郑军扑去。

于是，清军将士精神百倍，越战越勇，最后终于一举攻下了澎湖岛，还擒住了郑军将领刘国轩。留守台湾本岛的郑克塽听说刘国轩被俘了，大惊失色，连忙颤抖着双手上表归降。

大军凯旋，回到了莆田平海。施琅将军顾不上休息，便带着手下将领来到平海天妃庙，感谢妈祖显灵助阵。从妈祖庙出来，平海的百姓连忙把施琅将军围住了，他们一边祝贺大军得胜回朝，一边七嘴八舌地说着妈祖娘娘显灵的事。

在百姓们激动的话语中，施琅等人终于知道了：原来，就在清军与郑军拼死搏斗之时，细心的人们发现，平海天妃庙里的妈祖神像身上的衣服都湿透了，额头上还渗出了许多汗珠。另外，妈祖娘娘身边的四大金刚手上的兵器，原本都涂着厚厚的油漆，那几天却见油漆好像在水中泡过一样，起了一层泡。

施琅等人听完，连声惊叹，看来冲入敌阵，亲自与敌搏斗的五名少女就是妈祖娘娘和她的四大金刚变的啊！施琅将军感动得当场落泪。

还没等施琅将军回朝，康熙皇帝就听说了此事。康熙皇帝听完，连呼三声"神奇"，马上让人拟诏书，敕封妈祖为"护国庇民妙灵昭应仁慈天后"，这是妈祖第一次被加封为"天后"。

康熙还当庭任命礼部郎中为钦差大臣，即刻带着皇家重礼，前往湄洲岛宣旨，并代表皇上举行祀典。

3

> 东海泱泱，湄峰葱葱。
> 白帆点点，海鸟呦呦。
> 祖庙巍巍，岁月悠悠。

东海上的碧波还在荡漾着，湄洲湾的潮声还在回响着。巨型妈祖石雕像，一脸圣洁，一脸慈爱，默默地端详着眼前这片风平浪静的大海……

伴随着古代"海上丝绸之路"的进一步发展和延伸，妈祖信仰慢慢形成，并开始广泛传播开来。随着一艘艘出国的航船，随着各种肤色和口音的人群，由人而神的妈祖走出了湄洲湾，跨出了国门，成了闻名世界的民间神祇之一。到今天，妈祖的故事讲了一千多年，妈祖的精神流传了一千多年，妈祖庙的香火延续了一千多年。妈祖信仰是"海上丝绸之路"重要的精神力量。妈祖是"海上丝绸之路"繁荣发展的见证者和亲历者。

人们说：有海水的地方就有华人，有华人的地方就有妈祖庙。

第十六章 海上丝路和平女神

2009年，妈祖信俗被联合国教科文组织列入世界非物质文化遗产名录。从此，妈祖信俗正式成为了全人类共同的精神财富和力量源泉。

有人认为，妈祖文化的精神内核可以概括为四个词，即：慈悲、大爱、和谐和包容。因为慈悲、大爱，妈祖成了万民称颂的海上保护神；因为和谐、包容，妈祖成了全世界人心目中的和平女神。

妈祖是湄洲湾的，是中国的，更是世界的。

习近平主席站在新的历史起点上，结合我国实际，胸怀全球，于历史和时代的制高点上高屋建瓴，运筹帷幄，并以古代"海上丝绸之路"为桥梁，分别提出了构建"丝绸之路经济带"和"21世纪海上丝绸之路"，即"一带一路"的重大倡议。这一倡议提出之后，得到国际社会越来越多的支持和响应。中国是爱好和平的国家，在建设"一带一路"的过程中，中国始终坚持"共商、共建、共享"的原则，与所有成员国家一道，推动世界经贸合作公平化、合理化、透明化。

"丝绸之路经济带"合作，是丝绸之路精神在新形势下的又一次发扬光大；"21世纪海上丝绸之路"的构建，是世界经济发展史上的又一次"大航海"。它们将进一步推动全球经济一体化进程，让世界人民从经济一体化中受益。

"21世纪海上丝绸之路"，就像一艘刚刚下水的巨轮，在其未来的航行岁月里，妈祖和妈祖文化将始终伴随左右。乘着这艘巨轮，我们一起携手妈祖，破浪前行，将优秀的中华传统文化传播到世界的每一个角落，将和平与发展的美好愿景告诉全人类。